転生
バッドエンド令嬢は、
ヤンデレ王子の
溺愛から逃げ出したい
秋桜ヒロロ
いつまで経っても固まっているアルベールに、
レイラは差し出していた手を戻しそうになる。
しかしその直前でアルベールに手首を掴まれた。
彼はレイラの手首ごとりんごを口元に寄せて齧り付く。

Contents

転生 バッドエンド令嬢は、ヤンデレ王子の溺愛から逃げ出したい

秋桜ヒロロ

イラスト ニナハチ

Akizakura Hiroro & Illustration Ninahachi

UGnovels

Cast
イラスト／ニナハチ
アルベール・レ・ヴァロワ
闇属性
age17
隣国・セレラーナの第二王子。ゲームプレイヤーからは『ヤンデレ最凶王子』と呼ばれていた。乙女ゲームの攻略対象キャラ。
レイラ・ド・ブリュネ
水属性
age16
破産寸前の子爵令嬢。魔法学園セントチェスター・カレッジには奨励生として通っている。ゲームには出てこないモブ中のモブ。

ロマン・レ・ロッシェ
風属性
age17
ハロニア王国の第三王子。物腰は柔らかいが、案外強引で王子らしい一面もある。攻略対象キャラ。
シモン・エル・ダルク
水属性
age16
伯爵令息。おっとりしているが、その魔法知識には先生方も一目置いている。攻略対象キャラ。
ダミアン・デル・ラコスト
火属性
age16
侯爵令息。レイラのクラスメイトで友達。口は悪いが面倒見がいい。攻略対象キャラ。
ミア・ドゥ・リシャール
光属性
age16
男爵令嬢。途中から転入してくる。乙女ゲーム『恋と魔法のプレリュード』の主人公キャラ。

プロローグ

「僕と結婚しよう」

それはまるで、透明度の高い硝子のような声だった。涼やかで、透き通っていて、だけど丸みも感じられるような、美しい声。言葉を紡《つむ》いだ唇も薄くて形がよく、顔の造形はまるで黄金比で作られた人形のような精巧さと端正さがあった。全体の雰囲気は優艶を体現したかのようで、手足も長く、シルエットでさえも彼は気品に溢《あふ》れている。

新雪のような白銀《はくぎん》の髪。その奥にあるラピスラズリの瞳がゆっくりと細められる。

「ね、レイラ」

砂糖をまぶしたような甘ったるい声でそう呼ばれた瞬間、レイラ・ド・ブリュネは思い出した。

自分の前世が日本人の女子高生だったということを。

この世界が前世でプレイしていた乙女ゲーム『恋と魔法のプレリュード』、略して『こいまほ』の世界だということを。

そして目の前にいるのが、隣国の第二王子、アルベール・レ・ヴァロワ、またの名を『ヤンデレ最凶王子』であることを。

取り壊される予定の旧校舎で（監禁だよ！）

手首を縄状の黒っぽい何かで繫がれたまま（拘束だね！）

レイラは自分の前世とこの世界のあり方を、唐突に思い出したのである。

第一章　監禁は突然に

（あぁ、ヤバいな……）

前世を思い出したレイラが、まず最初に思ったことがそれだった。

何がどうヤバいかって。誰も来ないであろう旧校舎に閉じ込められ、手首を拘束されていることの事実が、そもそも相当ヤバいし。手首を縛っている縄のようなものが、黒い蛇のような見た目でうにょうにょと動いているのも結構ヤバイのだが。

それよりも何よりも、目の前にいる彼が『ヤンデレ最凶王子』で、彼が「僕と結婚しよう」という台詞を吐いていることが、これ以上ないくらいにヤバかった。

乙女ゲーム『恋と魔法のプレリュード』は、全寮制の魔法学園をテーマにした恋愛アドベンチャーゲームだ。いわゆる、乙女ゲームというやつである。

この世界では、百人に一人ぐらいの割合で魔法を使える人間が生まれてくる。彼らの存在は大変貴重で、この世界にいくつかある魔法学校で魔法の基礎を学び、国に貢献していくことを求められるのだ。魔法にはそれぞれ『属性』というものがあり、使う人間の適性によって得意な魔法、不得意な魔法が決まっている。

このゲームのヒロインは、千年に一人現れるかどうかという『光属性』の適性を持って生まれてきた少女だった。彼女は扱いにくい光属性を使いこなすため、魔法学校では最高峰である、ここ、『魔法学園　セントチェスター・カレッジ』に転入してくる。そこで攻略対象の仲間たちと切磋琢磨しながら魔法と恋を一緒に育てていくのだ。

そして、目の前にいるアルベール・レ・ヴァロアもこのゲームの攻略対象だ。

隣国・セレラーナの第二王子である彼は、ヒロインとは対照的に『闇属性』の適性を持って生まれてきており、セントチェスター・カレッジには留学という形でやってきていた。攻略対象とは書いたが、アルベールはゲームの中では隠しキャラ的な立ち位置で、誰かの恋愛エンドを見た後でないと攻略できないというキャラクターだった。

さて、「僕と結婚しよう」という台詞が、なぜヤバいのか。

結論から言えば、それはアルベールがバッドエンド直前に、ヒロインに告げる台詞だからである。

――そう、バッドエンド直前に、だ。

つまり、レイラはバッドエンド一歩手前で、自分の前世と今後起こりうる展開を思い出してしまったのである。

（お、遅すぎるでしょ！　私！）

レイラは顔を青くし、頬を引きつらせた。

ちなみに、この後表示されるヒロインの選択肢は二つだ。

まず、選択肢①『はい、喜んで』。

これを選んだ場合、ヒロインは無理やりアルベールの国に連れて行かれ、そこで一生監禁されたまま過ごすことになる。ゲームでは『寵愛』と表現していたが、エピローグでヒロインは窓のない地下室に閉じ込められ「ここから出して！」とアルベールに懇願していた。

もっとひどいのが選択肢②の『ごめんなさい』を選んだ場合。

この選択肢を選ぶとヒロインはアルベールに殺されてしまう。その後の台詞を見る限り、彼もその場で自刃しているので、実質の心中エンドだ。その後どうなったかは描かれていないが、とにかくアルベールだけは幸せそうだった。

従って、この台詞をアルベールに言われた時点で、ヒロインのバッドエンドは決まっており、ここから選択できるのは、どういうバッドエンドをアルベールと迎えるか、だけなのである。

ちなみに、アルベールのエンディングは、基本的にどれも愛が重たいエンディングとなっていた。監禁や心中は当たり前、恋愛エンドも本人たちは幸せそうだが、プレイヤーからはどうにもハッピーエンドには見えないエンディングで、ＳＮＳでは『実質メリバ（メリーバッドエンド）』と言われていたほどだ。青空の下で微笑み合うような清々しいエンディングは、彼には用意されていない。

それ故の『ヤンデレ最凶王子』という二つ名なのである。

そして大きな問題が、もう一つ。

（私、ヒロインじゃないんですけど‼）

そう、レイラはこの物語のヒロインではないのだ。

レイラ・ド・ブリュネはモブもモブ。ゲームでは名前さえも出てこないキャラクターだった。しかも、この九月にセントチェスター・カレッジに入学したばかりの一年生で、没落しかけのブリュネ子爵家の令嬢。もちろんヒロインのような特殊な力を持っているわけではないし、容姿も本当に普通で、ピンク色の髪の毛を持つヒロインとは違って、レイラの髪色は亜麻色という、どこにでもあるようなものだ。瞳の色だけはエメラルドという特徴的な色だが、それだって少し珍しいというだけで、どうやっても普通の中に収まってしまう。当然、モテたことなんてない。幼い頃に男の子から手紙をもらったという淡い思い出ぐらいならばあるが、本当にその程度なものだ。

レイラは、本当にそこら辺に転がっている、女生徒なのである。

「それで、どうかな？」

「どう、とは？」

「先ほどの答えを聞かせて欲しい」

アルベールがレイラの前に膝《ひざ》をつく。そして、彼女の顔を覗き込みながら、王子様然とした顔で優美に微笑んだ。その一級品の表情にレイラは「うっ！」（かっこいい！）と一瞬だけ絆《ほだ》されそうになったのだが、アルベールの目の奥を見て、彼女ははっとしたように正気を取り戻す。

（こ、この人、目が笑ってない……！）

笑っていない……というか、目に光がない気がする。これは完全に狩る側の目である。ブラックホール的な意味で吸い込まれそうな彼の暗い瞳に、レイラは身震いをした。それと同時に、手首を縛っている蛇のような物がにゅるりと動く。しかも一匹ではなく、複数匹だ。レイラは恐る恐る口を開いた。

「えっと。その前に、ひとつ聞いていいですか？」

「なに？」

「これは何ですか？」

レイラが視線で指したのは、手首に巻きついている蛇だ。うにょうにょと常に気持ち悪く蠢《うごめ》いているので、一見、力を込めればすぐ外れそうに見えるが、実際はどれだけ力を込めてもびくともしないという超絶頑丈設計になっていた。それがレイラの手首を固定し、なおかつ柱にも巻き付いている。逃げられないようにする配慮だけが非常に行き届いていた。

ゲームでは、さすがに拘束まではいってなかった気がする。ゲームのレーティングだって普通に『B（十二歳以上対象）』だ。

アルベールは微笑みを湛えたまま、悪びれる風もなく唇を開く。

「僕の魔法だよ。物理的な拘束具を使うことも考えたんだけどね。それだと、万が一の場合、千切られてしまうこともあるでしょ？　でもこれなら、たとえ君がどんなに力持ちの女の子だとしても絶対に千切れない。伝説上の生物である竜でも、これは千切れないと思うよ。それにほら、これなら君のかける力に応じて拘束の強さを変えられるから、万が一君が無茶をしても君の肌が傷つくことがない。君の綺麗な肌に傷をつけたら、僕はその後の人生を呪いながら生きていかないといけないからね。あぁ、でも勘違いしないでね！　拘束の強さを変えられるといっても逃がすつもりは少しもないんだよ。だから逃げようとは思わないようにね？　もしレイラがすごく抵抗してここから逃げようとするなら、僕はショックで拘束を強めてしまうかもしれない。そうしたらやっぱりちょっと痛いからさ。僕は君に痛い思いをして欲しいわけじゃないんだ。ただ、逃げずに話を聞いて欲しいってだけで――」

（どうしよう！　ゲームのときよりヤンデレ度が増してる気がする！）

いつまで経っても終わらない長台詞&早口に、レイラは頭の中で（ひぃぃ――‼）と情けない悲鳴を上げた。

そもそも、どうしてこうなってしまったのだろうか。というか、アルベールとレイラは、つい先ほど初対面を果たしたばかりなのである。

レイラは数十分前のことを思い出す。

その日の放課後、レイラは天文学の教室に向かうため、廊下を歩いていた。午後の授業で忘れ物をし、それを取りに行くところだったのだ。すると、正面からアルベールが歩いてきたのだ。

そのときはまだ前世の記憶も思い出していなくて、だけど彼のことは噂には聞いていたから、何の気なしにお辞儀しながらすれ違った。その直後だ。アルベールは突然レイラの手首を掴《つか》んできたのだ。あまりの出来事にレイラは目を白黒させながら振り返る。するとなぜか驚きに目を見開くアルベールと目が合ったのだ。

彼はレイラのことをじっと見つめた後「君は、もしかして……」と声を漏らした。そして「レイラ？」と。

自分の名前を呟《つぶや》かれ、レイラは困惑した表情で頷いた。すると彼は、レイラの手を握り「やっと」と声に喜びを滲《にじ》ませた。

そして、暗転。気がついたらこの状況になっていた。まさに急転直下である。

やっぱりいくら振り返っても、彼のバッドエンドに入ってしまうような覚えなどない。本当にどうしてこんなことになってしまったのだろうか。

レイラは改めて正面で膝をつくアルベールを見つめる。彼は微動だにせず、レイラの顔を見つめている。きっと、先ほどの求婚に対する答えを待っているのだろう。

選択肢①『はい、喜んで』⇓監禁エンド

選択肢②『ごめんなさい』⇓心中エンド

もちろん、どっちも嫌に決まっている。

レイラはしばらく考えた後、か細い声を出した。

「ちょ、ちょっと考えさせてください……」

「ん？　なに？　聞こえなかったけど」

「も、もうちょっと、考える時間が欲しいです！」

レイラが先ほどよりも少しだけ声に力を込めてそう言うと、光のないアルベールの瞳が彼女の顔を覗き込んでくる。覗き込んでくる瞳にはどこからどう見ても感情がないのに、顔には相変わらず作ったような笑みが張り付いていた。それがレイラの恐怖心をますます煽《あお》る。

「時間が欲しい？　それはもしかして、遠回しに断っているのかな？」

「そ、そうじゃなくて！」

レイラが再び声を大きくすると、アルベールは「ん？」と小首を傾《かし》げた。

「とりあえずお互いを知ろうということです！　結婚とか、付き合うとかは、それから考えたいなぁと……！　ほら私、アルベール様のことをほとんど何も知りませんし！」

「そうか。確かに、君の方は僕のことをあまり知らないかもしれないね」

（その言い方だと、私の方は知られているって感じになるんですけど……？）

そうは思ったが当然のごとく口には出せなかった。

アルベールは自身の下唇を人差し指でなでながら、思案深げな顔になる。

「つまり僕は、レイラに僕のことをわかって貰えばいいってことだね？」

「そう、ですね」

「わかった。それなら僕の全てをわかってもらえるように努力をしよう。結婚はその後だね」

アルベールは詠唱も杖も使うことなく、指先一つで手首にかかっていた拘束の魔法を解くと、レイラを立たせて、自分はその場に再び膝をついた。そうして、やっぱり王子様然とした洗練された動きで、レイラの手を取る。

瞬間、先ほどまでの出来事を忘れたように、レイラの頬が淡く染まった。

いや、当然のごとく忘れてはいないのだが、なんせこの男、顔が良いのだ。一級品なのだ。国宝だ。そんな男が膝をつき、まるでお姫様にするように自分の手を取ったら、大体の女性はこうなってしまうだろう。この赤面はもはや生理現象だ。

「レイラ、僕が幸せにしてあげるからね」

アルベールは、まるで結婚が決定事項だというようにそう言いながら、柔らかく微笑んだ。

そして、約束の印というように、レイラの指先にそっと唇を落とすのだった。

◆
◇
◆

『ヤンデレ最凶王子』こと、アルベール・レ・ヴァロワになぜか求婚された翌日の昼。レイラの姿は学園の食堂にあった。食堂の隅に座る彼女の前には赤髪の、男性にしては少し小柄な男が座っている。男はレイラの話を聞いて「はぁあぁぁ!?」とひっくり返った声をあげた。

「あの、アルベールに求婚されたぁ!?」

「ちょ、ちょっと！　声抑えて！」

レイラは慌てたように立ち上がると、男の口を押さえて周りを見渡した。もしかして誰かに話を聞かれたかと一瞬焦ったが、昼休み独特の浮かれた喧騒《けんそう》で先ほどの大声はかき消えてしまったらしい。二人に注目する人間は誰一人としていなかった。

レイラは男の口から手を離すと、ホッと胸をなでおろし、改めて席に腰掛ける。

そんな彼女を見て、男は「お前、本気でそんなこと言ってる？」と今度は声を潜めた。


彼の名前はダミアン・デル・ラコスト。この学園で出来た初めての友人だ。ラコスト侯爵家の三男で、腕っ節が自慢の小柄な男。適性のある属性は火。将来は王宮所属の騎士団に入りたいようで、研鑽を積むために学園に入学したらしい。

彼と仲良くなったのは、この学園に入学したばかりの頃だ。たまたま隣の席に座った授業で『放課後時間あるか？　ちょっと教えて欲しいところがあるんだけど』と声をかけられたのだ。

今までほとんど話したことのない相手にそう声をかけられ、レイラは一瞬戸惑った。しかし、特に断る理由もなかったので了承し、その日の夕方彼に勉強を教えた。そこでなぜか妙に意気投合し、今までずるずると一緒にいる感じなのである。

ダミアンは炎を閉じ込めたような赤い瞳を眇《すが》める。

「いや、お前。それはどう考えても夢だろ？」

「夢かなぁ」

「夢だろ？　だって、アルベールとお前、今までまったくといっていいほど接点がなかったじゃねぇか。そんな男から急に求婚されるか、普通？」

「そう、だよねー」

そう頷いてみせるが、当然のごとく夢ではない。

レイラは苦笑いを浮かべながら、フォークに刺さっていたキッシュを口の中に放る。

ちなみに、実はダミアンもゲームの攻略対象である。それに気がついたのは、昨日の衝撃的《しょうげきてき》な出来事を終えて寮に帰った後。部屋で思い出した記憶を整理していたときに、ふと思い至ったのだ。

『あ、ダミアンも攻略対象だ』と。

レイラはモブの中のモブだが、ひとつだけプロフィールに書けることがあるとするならば、『ダミアンと友達』ぐらいだろう。

「ってか、マジでくだらねぇ」

「くだらないって、ダミアンが言えって言うから言ったのに！」

「だって、お前。今日一日、ずっと上の空だったじゃねぇか。そりゃ、多少は心配するだろ。なのに、上の空になってた理由が妄想とか！　あー、心配して損した！」

心配させてしまったことは申し訳ないと思うが、そこまで言われるとなんだかちょっとムッとしてきてしまう。そんなレイラの気持ちをわかっているのかいないのか、彼はさらに続けた。

「しかも、アルベールがそんなキラキラした王子様なわけないだろ？　誰が話しかけても『あぁ』『だから？』『そうか』とか、二語以上の返事が返ってこない奴だぞ？　人とまともに話してるところも見たことねぇし！　そんなやつが『結婚しよう』なんて、ほとんど初対面のお前に言うわけないだろ。しかも片膝ついて！　どんな妄想だよ、それ！」

「妄想かー。確かになぁ」

「しかもアイツ、セレラーナでなんて呼ばれてるか知ってるか？　『人間兵器』のアルベールだぞ？」

そう、アルベールは自国であるセレラーナで『人間兵器』と呼ばれていた。そう呼ばれるようになってしまった原因は、七年前に行われた大規模な戦争にある。

当時、齢《よわい》十で戦争に赴いた彼は、当時から使えていた闇魔法で敵の戦力を一掃。誰よりも多くの戦果をあげて帰ってきたらしい。それから彼は『人間兵器』と呼ばれるようになってしまい、他国にもその噂は轟《とどろ》いた。

ゲームの中でもアルベールは、同じように『人間兵器』と呼ばれていた。光属性と同じぐらい……いや、それ以上に珍しい闇属性を持って生まれたことで、自国では常に腫れ物のように扱われていたのに『人間兵器』と呼ばれるようになってから、ますます人は彼に近づかなくなり、アルベールは孤独を深めていった。ゲームのヒロインは、そんな彼の孤独に気づき、彼を癒《いや》やしていく。そしてアルベールもそんな彼女に、どんどん依存していくのだ。

「とにかく！　俺以外の前で、そんな気持ち悪い妄想語るなよ？　変な目で見られるぞ」

「うん、そうだね。わかっ――」

そうレイラが頷こうとしたときだった。

「ごめんね、レイラ。遅くなった」

昨日聞いたばかりの砂糖をまぶしたような声が耳をかすめた。声がした方を向くと、そこには案の定、アルベールがいる。彼は昨日と寸分違わない優しい笑みを浮かべて、レイラとダミアンがついている円卓の前に立っていた。しかし、彼の目線はレイラに固定されており、まるでダミアンのことなど気がついていないかのような様子に見える。

「ア、アルベール⁉」

突然現れたアルベールにダミアンはひっくり返った声を上げる。その声でようやく、アルベールの視線がダミアンに落ちた。

「レイラ、彼は？」

「えっと。ダミアン・デル・ラコストです」

「関係は？」

「ゆ、友人です」

「友人。……そう」

瞬間、その場の気温が一、二度下がったような心地になる。ダミアンはアルベールを見上げながら頬を引きつらせていた。レイラの方からはアルベールがどんな表情をしているかわからないが、ダミアンの顔色を見る限り、友好的な表情を浮かべていないことだけはわかる。

（というか私たち、今とんでもない注目集めてない⁉）

レイラは慌てたように周りを見渡す。すると予想した通りに食堂にいる生徒たちの視線が一気にこちらを向いていた。まぁ、当然だろう。誰とも交流を持とうとしない『人間兵器』アルベール・レ・ヴァロワが、他の生徒と二語以上の会話をしているのだから。

（このままじゃ、変なところ見られちゃうかも！）

昨日のことを思い出し、そう思ったレイラは、アルベールの手を取ると「ちょっと、こっちに来ていただけますか？」と彼を食堂から連れ出すのだった。

レイラがアルベールを連れて行ったのは、使われていない空き教室だった。彼女はアルベールとともに教室に入ると、後ろ手で鍵を閉める。そして、ほっと胸をなでおろした。

（これでなんとか落ち着いた……）

衆人環視の中で昨日のように膝をつかれた暁《あかつき》には、なにをどう噂されるかわかったもんじゃない。

「あの、アルベール様……って、どうかしましたか？」

レイラが首をかしげたのは、アルベールが固まっていたからだ。彼は先ほどまでレイラと繋いでいた手をじっと見つめている。

「あの、アルベール様？」

「あぁ、ごめん！　まさか現実で、君から僕に触れてきてくれるだなんて思わなくて……」

そう言う彼の頬は少し桃色に染まっていた。白銀の髪にラピスラズリの瞳という美しすぎる容姿で、少し恥じらっているその様は、まるで恋する乙女のようだ。

「くっ――」

（かわいい‼）

かわいい。すごくかわいい。どちゃくそにかわいい。

どちらかといえばかっこいい系の顔をしているのに、このギャップは卑怯だろう。

もはやここまでくると顔面の暴力だ。

というか、元々アルベールの顔はレイラのストライクゾーンど真ん中なのだ。どのくらい真ん中かというと、その顔だけで昨日の拘束も監禁も水に流せてしまうぐらいのど真ん中だ。顔面が強い。前世でもそれは一緒だったのだが、彼のエンディングだけが、どうしても、どぉーしても、受け入れられなくて、結局最推しにはならなかったのである。

（落ち着くのよレイラ！　この顔に騙されてはいけないわ！）

そうだ彼は、隙あらば監禁だって拘束だって、なんなら心中だってしてしまう『ヤンデレ最凶王子』なのだ。隙を見せたらすぐに捕まってしまう。

「それで、えっと。なんでしょう？」

レイラが平静を装いながらそう聞くと、アルベールは「昨日のことなんだけどね」と言って、小脇に抱《かか》えていた紙の束を彼女の側にあった机の上に置いた。

「僕のことを知ってもらうためにはどうしたらいいかと考えていたんだけど、やっぱりこれが手っ取り早いと思って」

「これは？」

「僕の経歴を嘘偽りなく書いたものだよ。それと、これが僕の持っている主な財産を書き記したもの。そして、こっちが取得予定の物だね」

どん、どん、どん。と並べられて、レイラはぽかんと呆《ほう》けたように口を開けたまま固まってしまう。さっきから何かを抱えているなぁとは思っていたのだが、まさかこんなものだとは予想だにしなかった。圧倒されるレイラを余所《よそ》に、彼はこれがメインだといわんばかりに、もう一冊分厚い冊子をレイラに差し出した。

「最後に、これが君が頷いてくれた場合の、人生の計画表だよ」

「人生？　計画表？」

「そう。人生にはトラブルがつきものだからね。僕だってまさかこのとおりに進むとは思わないけど。こういうのがあった方が、レイラも安心できるでしょ？」

どちらかというとその会話で不安が増したのだが、とりあえず見てみないと何も始まらない。ということで、レイラは計画表だと差し出された冊子を手に取り、表紙をめくった。そして、唇をきゅっと結んだ。

中にはびっしりと文字が並んでいた。年表のようになっているのは、彼が言っていた通りレイラとアルベールの人生の計画表だからだろう。

この学園の卒業から始まり、結婚、妊娠、出産はもちろんのこと、どこで誰とどのように会うかまで事細かに記載されている。というか、月に一度ほど外出の予定が立てられているのだが、まさかこの予定以外でレイラは部屋から出れないのだろうか。

いや、まさかそんなはずはない。そんなはずはないと思いたい。思いたいけど――

（アルベールだからなぁ……）

前科があるゆえに、その疑惑が一層濃くなる。

というか、しょっぱなから監禁されていたので、軟禁ぐらいかわいい物だと思ってしまうあたりが、この状況の異常性を物語っている。

「途中から楽しくなってきちゃって、夢ばっかり詰め込んじゃった」

「ゆめ？」

「そう、夢。レイラも同じ夢を見てくれると嬉しいけれど」

レイラは震える指先でとりあえず一番近い未来を指した。

「あの、これ。私が学園を卒業と同時に結婚とありますが……」

「あ。もしかして、ちょっと遅かったかな？　学園の卒業が八月だから、結婚式は九月にしようと思ってたんだけど、レイラが望んでるならもう少し早くできるよ」

「いや、ちが……」

「僕の方が先に卒業してしまうからレイラは学生結婚ってことになるんだけど。まぁ、前例がないわけじゃないし、問題ないよね？」

「早すぎるって話をしてるんです！」

思わず声を荒らげてしまうレイラである。この世界の結婚はそこそこ早いが、婚約しているわけでもない二人が卒業と同時に結婚というのはやっぱりちょっと早すぎる。しかも彼は隣国の第二王子なのだ。そんなさくさくっと結婚できるわけがない。……多分。

「でもこれで、僕のことはわかってもらえるよね？　読み込む時間はどのくらい必要かな？　僕としては今ここで読んですぐにでも答えを出してもらいたいところだけど。レイラも一人で考える時間が必要だよね？　ってことで、明日の放課後、僕と結婚するかどうか――」

「ちょ、ちょ、ちょっと、待ってください！」

レイラは慌ててアルベールを止める。

「もしかして、これだけで私に結婚の選択を迫ってます？」

「そうだけど何か問題があるかな？　もしかして、もう少し資料が必要？」

「資料はもういいですし！　そもそもこんなのじゃ何もわかりませんよ」

本当にレイラの言っている意味がわからないのだろう、アルベールは首を傾げた。

「というか！　昨日もちょっと思ったんですが、どうしていきなり結婚って話になるんですか？　普通は、その、こ、恋人になってからそういうのって考えますよね？」

「恋人か。……そのプロセスって本当に必要かな？」

「はい？」

「結婚するって決まってるなら、過程を飛ばしても問題ないと思うけど？」

そもそも、結婚するとは決まっていない！

とは言えない小心者のレイラである。

「ひ、必要ですよ！　もし、結婚して合わなかったりとかしたらどうするんですか！　恋人期間っていうのはそういうのの予行練習も兼ねていると――」

「合わない、というのは、もしかして、好きじゃなくなるってことを言ってるのかな？」

「まぁ……そうですね」

「それなら心配いらないよ。僕は絶対、君のことを嫌いになったりはしない。あり得ない。この命に誓ってそれはないと言えるよ。だから僕にとって、恋人という期間は必要ない」

「わ、私には必要です！」

被《かぶ》せるように発したレイラの言葉に、アルベールは黙る。

その隙にレイラはここぞとばかりに言いつのった。

「こういう書類じゃなくて！　私はきちんと会って話して、お互いを知った人と結婚したいんです！　というか、昨日言ってたお互いを知るっていうのは、こういう話で……」

レイラの声はどんどん小さくなる。それは、彼にこれ以上言っても無駄かもしれないと思ったからだ。薄々気づいていたが、彼には言葉が通じない。同じ言語を話しているのに、なんだかひどく遠い人と話しているような気がするのだ。そもそも、アルベールはレイラが自分のことを好きじゃなくなる可能性を考えていないのだろうか。

……考えていないのか。そうか。

しかし、そんなレイラの予想に反して、アルベールは「ふむ」とひとつ頷いた。

「レイラが必要なら仕方がないね。君が僕と結婚するのにその期間が必要だと言うのなら……」

アルベールはそこで言葉を切り、レイラの手をとる。

そして、どこか嬉しそうに彼は微笑んだ。

「それじゃ、今日から恋人としてよろしくね。レイラ」

思いもよらなかった言葉に、レイラは「へ？」と呆けたような声を漏らすのだった。

◆
◇
◆

（アルベールと恋人になってしまった？？？）

気がつけばこの状況に陥っていた。お互いの気持ちを確認することも、どちらかがどちらかに申し出ることもなく。なぜか二人は『恋人』という関係に収まってしまっていた。それは決してアルベールの中だけの話ではなく、周りにいる生徒の認識としてもそうだった。

毎日のようにレイラの元に訪れるアルベール。他の人には向けない笑顔を彼女に向け、普段は二語以上出てこない唇で滑らかに、そして楽しそうにレイラと会話をする彼は、やっぱり他の生徒にも異様に映ったらしい。そこから二人の関係が恋人同士なんじゃないのかという噂が流れるまで半日とかからなかったし、数日も経つ頃には学園全体の共通認識として、二人は恋人だということが広く知れ渡っていた。

ただ一人、当事者のレイラだけが、この状況についていけていなかったのだが。

二人が恋人関係（？）になって一週間。

昼休憩に行われるそのやり取りは、もはや習慣のようになっていた。

「レイラ、大丈夫？　美味《おい》しい？」

「美味しいです……？」

場所は校舎裏のベンチ。レイラはアルベールの膝の上に座っていた。彼の手にはサンドイッチが握られており、それが一定の間隔でレイラの口に運ばれている。レイラはそれを口で受け取り、咀嚼《そしゃく》し、飲み込んでから、心底意味がわからないというような顔を浮かべる。頭の上には疑問符が浮かび、背景には宇宙が広がっていた。

（なにこれ？）

まるで鳥の雛が親鳥からご飯を食べさせてもらっているような状況である。

最初の頃は抵抗をしたような気がしないでもないのだが、あれよあれよという間に丸め込まれ、気がつけばこんな状況に収まってしまっていた。

レイラの『美味しい』がよほど嬉しかったのだろう、アルベールの顔は花のように綻《ほころ》んだ。

「よかった。今朝早く起きて作ってきた甲斐があるよ」

「て、手作り!?　もしかしてこれ、手作りなんですか!?」

「そうだよ。というか今更？　今までもずっとそうだったけど、気が付いてなかった？」

気が付いてなかったというよりは考えていなかったというほうが正しい。なぜなら彼は一国の王子様なのだ。比喩《ひゆ》ではなく、本当に一つの国の王族。そんな彼が自分で料理をするだなんて思わなかったのだ。

「私はてっきり、食堂の人に頼んで作ってもらってるものとばかり……」

「気にしなくても良いよ。手作りと言っても簡単なものだから」

「でもそんな！　申し訳ないです」

「本当にいいんだよ。僕の作ったものが君の喉を通ってると思ったらすごく尊いからね。それに、こうすると僕も同じもので体を構成できるんだ。すごく幸せだよ」

（良い笑顔で何言ってるの、この人……？）

なるほど、意味がわからない。

レイラは考えることをやめた。

その代わり思考を別のことに回すことにする。

脳内会議の主な議題は『これからどうするか』だ。

（とりあえず、今までに思い出したことを整理して、私がここからどうやっていくのか、その方針を決めないとね。仮に私がアルベールルートに入っていると仮定すると……）

レイラの脳内に、アルベールルートのエンディングが駆け抜けた。

監禁に心中、幻覚オチに夢オチ。そしてみんないなくなりましたエンドに、二人で新たな世界を築こうエンド。天国で二人は結ばれましたエンドと、二人で地獄に落ちようエンド。二人ならどこまで堕ちても幸せだよねエンドからの、反逆者として処刑エンド。こちらは一人だけが処刑される場合と二人とも処刑されるエンディング差分がある。

果たして、その差分に需要はあったのだろうか……。

（マシなのが、マシなのがない‼）

唯一、まだマシといえるのが恋愛エンドだが、これだってヒロインは実質軟禁状態だし、アルベール以外の人間と会話もさせてもらえない。あれか、鎖がついていないだけマシなのか⁉　生きているだけで丸儲けなのか⁉

というか、アルベールのエンディング数だけ多すぎやしないだろうか。しかも、バッドエンドだけ……。

すごく今更のことを考えてしまうが、誰なんだろう、このゲームのストーリーを書いた奴は。性癖があらぬ方向に曲がりすぎている。少なくともこれは大衆に向けた商業ゲームでやるようなストーリーラインではないし、アルベールもレーティングＢ（十二歳以上）に出てきていいキャラクターではない。

（ヤバいな……）

思い出せば思い出すほど、この状況のヤバさだけが際立っていく。

これからどうすればいいだろうか。自分は逃げれるのだろうか。

レイラはじっとアルベールを見下ろした。すると彼は柔和な表情で笑い、サンドイッチを差し出してくる。しかし、腰に回った彼の腕は、その細さからは考えられないぐらいに力強くレイラの身体を固定していた。その強さにどうやっても逃がさないぞ、という強い意志を感じる。

（無理かもなぁ……）

レイラは口に運ばれたそれを再び齧《かじ》ると、遠い目をした。

この数日でわかった。アルベールは本気だ。彼はどうやってもレイラを逃がす気がないらしい。

レイラの意見や感情を聞かないのも、彼の中でレイラとの結婚が確定事項だからで、最悪彼女が嫌がってもアルベールは事を進めるつもりなのだろう。

それに『人間兵器』とも呼ばれる彼から、どこにでもいるモブ女生徒のレイラが逃げられるわけがない。あの二つ名は人間を人間と思っていないようであまり好きではないけれど、アルベールの強さを表すには確かにちょうどいい言葉である。

（たぶんそろそろヒロインが転入してきてゲーム本編が始まると思うんだけど。彼女に押しつけるのも、ちょっと違う気がするしなぁ）

なんてったって、アルベールは良くてメリバしかない男だ。それが幸せかどうかは人によると思うが、少なくとも大半の女性にとって彼のエンディングはベストエンディングではないだろう。それに、アルベールがヒロインのことを好きになる可能性は大いにあるが、ヒロインがそれを望むかどうかはわからない。攻略対象は他に四人もいるのだ。

（『こいまほ』ファンの中では、アルベールの人気は凄まじかったけど、あれってば所詮、創作だから、だろうしね……）

現実で監禁されたいとか心中したいとか思う人間はそうそういないだろう。

（とにかく、今考えられる解決方法は二つよね）

①ヒロインとアルベールをくっつけて、自分からアルベールを遠ざける。
　⇓ヒロインが可哀想だし、それをヒロインがもとめるかどうかもわからない。
②アルベールに自分を諦めてもらう。
　⇓普通にやってたら無理そう。どうすればいいのかわからない。

（詰んでるなぁ……）

口元に差し出されたサンドイッチに三度齧り付いて、レイラは思考を巡らす。

正直なことを言うなら、彼に好かれること自体は嫌ではないのだ。前世でもエンディング以外は彼のことをいいなと思っていたし、こんな風に甘やかされるとどうしても絆されてしまう。

それに顔面が良い。アルベールは、とにかく顔面が良いのだ！

（せめて、アルベールがヤンデレじゃなかったら……）

その瞬間、レイラの全身に雷に撃たれたかのような衝撃が走る。

はっとした顔でアルベールを見下ろせば、彼は「どうしたの、レイラ」と首を傾げた。

（もしかして、もしかしなくても。ヤンデレを治せば全てが丸く収まるんじゃない⁉）

アルベールがヤンデレじゃなくなったら、レイラもよくてメリバの未来に向かわないでいいかもしれないし。もし彼がヒロインになびくようなことがあっても、ヒロインだってアルベールだって不幸にならない。

つまり彼のヤンデレを治すことで、マイナスになることは何一つないのだ。

レイラは思わずガッツポーズを掲《かか》げた。

（私が、アルベールを真人間にしてみせる！）

今後の方針が決まった瞬間である。具体的にどうしたらいいのかはまだわからないが、それは後から手探りで考えていこう。

そのためにはまず、知らなくてはならないことがある。

（アルベールはどうして、私に執着するんだろう……）

◆◇◆

「アルベール様は、どうして私のことを好きになってくださったんですか？」

「は？」

「って、聞いてもいいと思う？」

レイラがそう相談を持ちかけたのは、ダミアンだった。レイラの話を聞いた後、彼は「あぁ、そういうこと」とひとつ頷いて、机に肘をつく。

時間は、朝の三コマが終わった後の二十分休憩。最近は昼休みをアルベールと過ごしているので、この時間しかダミアンとまともに話す時間がないのである。

「別に良いんじゃないか？」

「でも、直接聞くのって、やっぱりなんだかちょっと気が引けちゃうんだよね……」

「なんで？」

「自意識過剰って感じじゃない？」

「いやまぁ、言いたいことはわかるけどよ」

ダミアンは難しい顔で首をひねる。

本当は、こういうことを異性に相談するのは気が引けるのだが、この学校で友達と呼べる人間はまだ彼しかいないし、別の人に相談しても、ただの惚気《のろけ》だと思われてしまう可能性だってある。その点彼は、妙な求婚を受けたときからレイラの事情は知っているし、からっとした性格なので妙な邪推はしない。本当にありがたい友人である。

「でも、あの状況じゃ仕方ないんじゃね？　傍から見ても、あの無愛想を極めたようなアルベールがお前のことを特別視してるのはわかるわけだしさ。お前自身に心当たりがないなら、直接聞くのが一番だろう？」

「そう、なんだよねぇ」

この学園に入学以降、どこかでアルベールと接触したかもしれないとレイラは何度か記憶の中を探ってみたのだが、やっぱりあの前世の記憶を思い出した監禁事件まで、一度もアルベールとは会ったことがなかった。話したこともなかったはずである。

「もしかしたら、この学園以外で会ってるのかもしれないぞ？」

「この学園以外で？」

「例えば、街ですれ違ったとか？　どこかでたまたま一緒になったとか？」

「相手は王子様なんだよ？　街ですれ違うとか、どこかでたまたま一緒になるとか、そういうことあると思う？」

「それは……ないか」

「でしょう？」

ダミアンは興味がなさそうにあくびをする。

「なら、尚更聞いてみなきゃわかんねぇだろ。どうせ、今日の昼も一緒に食べるんだろ？　そのとき聞いてみればいいじゃねえか。もしかしたらアルベールだって、どうやって言おうか考えてるのかもしれないし」

「そう、だよね」

レイラに言いたいことが言えなくて悩んでいるアルベールというのも想像ができないが。あんなに何もかも詳《つまび》らかにする彼が今まで何も言ってこなかったのだ。

もしかするともしかするかもしれない。

「それよりも俺は、アルベールのお前以外に興味がない態度を何とかしてほしいね」

「……そんなにひどいの？」

「ま、お前にはわかんないかもしんないけどさ。なんていうか、もはや人形なんだよなー。決められた言葉しか返ってこないおもちゃって感じ？　俺も何度か話しかけたことあるけどさ、ありゃひどいぞ」

「本当に？」

正直、レイラには『決められた言葉しか返ってこない人形』のアルベールの方が信じられない。だって、レイラといるときの彼は表情も感情も豊かだし、どちらかといえばおしゃべりだ。

「お前、仮にも恋人なら、なんとか言ってやってくれよ。俺たちは別に話しかけなかったらいいだけの話だけどさ。なんかもう先生がかわいそうで……」

「ダミアンって、本当に面倒見がいいよね。先生まで気にかけてあげてるし」

「どうしようもない女友達の惚気話も聞いてやるしな？」

「いやだから！　これは惚気話じゃなくて！」

レイラがそう必死に否定をすると、ダミアンは「わかってるよ」と肩を揺らす。

「とにかく、昼休み頑張れよ」

「うん！」

ダミアンに背中を押され、レイラはアルベールに直接話を聞いてみることにしたのだが……

「アルベール様、何をしてるんですか？」

昼休み、レイラはアルベールに後ろから抱《だ》きしめられていた。いつものベンチで、いつものように半ば無理矢理膝の上に座らされたところで、後ろから抱えられて彼は動かなくなってしまった。

ぎゅっと身体を引き寄せられ、レイラの頬も熱くなる。

アルベールはレイラの肩に後ろから顔を埋めると、思いっきり息を吸った後「はぁあぁ……」と肺の空気を全て出すような長い息を吐いた。

（な、なにか吸われた！）

まごうことなき深呼吸である。

アルベールはそれから数度同じように猫吸いならぬレイラ吸いを繰り返す。

何度繰り返しても終わらない深呼吸に、レイラはしばらく視線を泳がした後、恐る恐る後ろを振り返った。

「あの。アルベー……」

「ちょっと待って。まだレイラを補給しきれてないから」

「えっと――」

「僕、定期的にレイラを補給しないと死んじゃう身体になったみたいなんだ」

また意味のわからないことを、うっとりするような顔で言う男である。しかも、今回はちょっと憂《うれ》いを帯びている表情が、いつもと違ってまたいい感じだ。長い睫毛《まつげ》が、彼の揺らめくラピスラズリに影を落とす。それが彼の色っぽさに拍車をかけていた。

だがしかし、顔がいいからといって、されるがままでいいはずがない。

「あの、冗談を言ってないで、離してください！」

「ごめん。もうちょっと」

甘えるようにそう言って、アルベールはまた肩口に顔を埋めた。それと同時に彼の前髪が首筋にかかり、レイラは「ひゃっ！」と声を上げてしまう。

「ふふふ。かわいい声」

「ちょっとあの！　本当に恥ずかしいので、やめてください！」

「やーだ」

「やーだ、って……」

まるで駄々っ子のようなことを言うアルベールを、レイラは赤い顔のままじっと見つめる。レイラの視線に気がついたのか、アルベールは肩口から顔を上げた。すると、二人の顔が鼻先が触れ合うぐらいに近くなる。そのあまりの至近距離に、レイラはとっさに距離を取ろうとアルベールの身体を押すが腹部に回った彼の腕が、レイラが離れることを許してくれなかった。

鼻先を近づけた状態で、アルベールは丸い声を出す。

「昨日は学園が休みで会えなかったでしょ？　だからちょっとレイラが不足気味だったんだ。毎日会ってなかったときは離れていても全然耐えれたのに、毎日会うようになってから駄目だね。少しでも離れてると会いたくて仕方がなくなる」

彼の腹部に回った腕がさらにぎゅっと力を増した。

「最初はどうしてこんなプロセスを踏むのか不思議だったけど、最近は考えを改めたよ。なんだか恋人っていうのは良いね。こういうことをしても許される間柄なんだから」

（この人、ちょっと前まで手を握ったぐらいで頬を染めてた人と同じ人よね⁉）

『恋人』という立場がそうさせているのかもしれないが、お昼を一緒に食べるようになってから、明らかにスキンシップが過剰になっている。彼に触れられるのが嫌というわけではないが、ちょっとここまで来ると恥ずかしさでどうにかなってしまいそうだ。顔から火が吹き出そうだし、さっきから心臓もうるさい。身体が火照《ほて》っているせいか、妙に汗も滲んでくる。

お昼を食べようと思ってここに来たのに、なんだかこのままではレイラの方が食べられてしまいそうな気配がある。

レイラはアルベールから視線を外した。これ以上彼の顔が間近にあるのが耐えられなかったのだ。その恥じらっている様子が気に入ったのか、彼は機嫌よさげにふっと笑う。その吐息が耳にかかり、レイラは思わず飛び上がった。

「ひっ――」

「あれ？　もしかしてレイラ、耳、弱いの？」

アルベールの笑んだ声と近づいてくる顔面に、彼の企みを知った気がして、レイラは慌てて両耳を押さえた。そして必死に首を振る。

「や、やだやだやだ！」

「大丈夫。何もしないよ」

「う、うそ！　絶対何か企んでましたよね⁉」

「ふふ、レイラってば、やっぱりかわいいなぁ」

アルベールと出会ってから、『かわいい』と言われすぎていて『かわいい』がゲシュタルト崩壊を起こしかけている。少なくとも彼に出会うまでレイラは両親以外に容姿を褒《ほ》められたことはなかったし、両親だってここまで何度も重ねて褒めてくれるようなことはなかった。レイラは自分のことをブサイクだと思っていないが、美人だとも可愛いとも思ったことはない。

「わ、私なんて、かわいくないですよ」

「僕のレイラを『なんて』なんて、言わないでもらえるかな？」

「僕のって……」

「僕のだよ。誰がなんと言おうと、レイラは僕のものだ」

もの扱いされていることはあれだが、それ以上に彼の低くなった声色《こわいろ》が物騒だ。

レイラは顔を背けた。

「わ、私以上に可愛い人なんていっぱいいますし……」

「自分に自信がないんだね。そういうレイラも、僕はかわいくて好きだよ」

アルベールの言葉でレイラははっと顔を跳ね上げた。

彼の奇行ですっかり忘れていたが、今日は彼に聞くことがあったのだ。

「あ、あの！　アルベール様！　ちょっと聞きたいことがあるんですが、いいですか？」

「ん？　何かな？」

「えっと、すごく聞きにくいことを聞くんですが。アルベール様は、どうして私のことを好きになってくださったんですか？」

その質問を投げた瞬間、アルベールは目を見開いたまま固まった。

レイラはそんな彼に構うことなく、さらに言葉を重ねる。

「間違っていたら申し訳ないんですが、私達、つい先日まで話したことありませんでしたよね？

だから、なんでかなぁと思いまして……」

「なんでだと思う？」

「え？」

「どうして僕はレイラのことが好きなんだと思う？」

アルベールの声色はレイラのことを試しているようにも聞こえた。

質問を質問で返されて、彼女は困惑した表情を浮かべたまま逡巡する。

「もしかして私達、どこかで会ったことありますか？　それとも、何か私にしかない特徴を気に入ってくださったとか？　あとは……」

「秘密」

「え？」

「僕がレイラのことを好きになった理由は、いくら相手がレイラだとしても、秘密だよ」

アルベールはすらりと長い人差し指を、自身の口元に当てる。

「それを話すなら、僕は僕の情けない過去を君に話さなくっちゃならなくなる。とびっきり情けない過去をね。そんなことを話したら君は、僕のことを嫌いになってしまうかもしれないじゃないか。だから話したくない」

「そんな――」

「レイラ。このまま理由なんて考えず、僕に好かれていて。そしていつか、君も僕に気持ちを返してくれると嬉しいな」

自分勝手にそう言って、アルベールはレイラの頬に手を当てた。彼の唇は弧を描いているが、それは笑っているという感じではなくて、その裏にある感情を隠すために貼り付けられた笑顔、という感じに見える。

「大丈夫。理由なんてわからなくても、僕は君が大好きだよ」

言うことを聞かない子供に言い聞かせるように、彼はゆっくりとそう言葉を紡いだ。

◆
◇
◆

「あんなこと言われたら、どう反応して良いかわからないわよね……」

レイラがそう呟いたのは、夕方のことだった。夕方といっても放課後になったばかりで、彼女が歩いている廊下にも多くの生徒がいる。授業が終わったばかりだからか、みんな心なしか表情が緩《ゆる》んでおり、どこか楽しそうに見えた。そんな喧騒を横目に見ながら、レイラはその日使った教科書を胸に抱え、昼間のアルベールとのやり取りを思い出していた。

『僕がレイラのことを好きになった理由は、いくら相手がレイラだとしても、秘密だよ』

『それを話すなら、僕は僕の情けない過去を君に話さなくっちゃならなくなる。とびっきり情けない過去をね。そんなことを話したら君は、僕のことを嫌いになってしまうかもしれないじゃないか。だから話したくない』

何を隠しているんだろう、と思う。

嫌われてしまうと恐れるぐらいの、アルベールの情けない過去。

レイラに執着してしまうようになった原因。

話を聞きたいと思うのに、拒絶の感情が混じった彼の笑みを思い出し、どうしたらいいのかわからなくなる。触れてほしくないということはわかった。でも本当に自分は、このまま何も知らなくていいのだろうか。このまま何も知らず、彼のヤンデレを治すことは、出来るのだろうか。

「どうしたらいいのかなぁ……」

レイラがそう呟いたときだった。彼女の足が突然、床を滑った。後ろにひっくり返りそうになった身体は一瞬だけ浮き、すぐに重力を取り戻す。視線の先には階段があった。

（やば――）

落ちちゃう！　そう思った瞬間、手がどこかに伸びていた。とっさに掴んだのは、そばにいた男子生徒の袖。彼は「はぁ!?」とひっくり返った声を上げながら、突然のことに目を白黒させている。このままでは彼を巻き込んでしまうと、レイラは彼の袖から手を離そうとしたのだが、恐怖で固まった指は彼女の意思とは関係なく全く動いてくれなかった。

視線の先にある階段は、そこそこ長い。落ちれば確実に怪我をしてしまうだろう。もしかすると、怪我ではすまない事態になってしまうかもしれない。

（せめて、彼だけでも――）

巻き込んでしまった彼だけは助けたい。しかし、その気持ちがあるだけで、現状はどうにも出来なかった。内臓が浮き上がるような気持ち悪い感覚がレイラを襲《おそ》う。次にやってくるのはきっと階段に打ち付けられる衝撃だ。

レイラは、やってくる衝撃に耐えるように、ぎゅっと目をつむった。

「大丈夫、レイラ？」

その声が聞こえたのは、その直後だった。

やってくると思っていた衝撃はいつまでたってもやってこず、代わりにやってきたのは何か暖《あたた》かいものに包まれる感覚。目を開ければ、レイラの身体は浮遊していた。

「へ？」

思わず呆けた声が出る。これはきっと風の魔法だろう。暖かい風がレイラを優しく包んでいる。

そして、その側には――

「アルベール、様……？」

「レイラは僕のものなんだから、勝手に怪我をするのは許さないよ？」

アルベールがいた。彼は指先をまるで杖のように振る。するとレイラの身体はゆっくりと移動して、彼が広げた腕の上で途端に重力を取り戻した。落ちてきたレイラをアルベールは優しく抱き留める。

「怖かったね。もう大丈夫だよ」

彼は優しくそう言って、すりっ、と頭をすり寄せてきた。そのくすぐったさに頬が熱くなる。

「ありがとうございます」と声を上ずらせれば、彼は嬉しそうにはにかんだ。そして、レイラを優しく地面に降ろす。

「大丈夫？　怪我はない？　痛いところは？」

「はい、平気です。痛いところも……ありません」

「そう。それならよかった」

アルベールのほっとした表情に、レイラは彼に心配をかけていた事実を知る。なんだか申し訳なくなってしまい俯いていると、彼は柔和な表情のままレイラを覗き込んだ。

「今回は初めてだから大目に見るけど、あんまり怪我をするようなら、保護しちゃうからね？」

「僕はね、レイラ。大事な宝石は、身につけるより、宝箱にしまっておく派なんだ。だってほら、身につけて誰かに傷をつけられたら嫌だろう？　欲しがられても困るし、誰かに取られてしまうなんてことになったら、目も当てられないからね？　誰かの死体なんて、レイラも見たくないだろうし」

「ほ、保護？」

「あ、目も当てられないって、そっちですか……」

思わずそんな声が漏れた。事態に目が当てられないのではなく、物理的に見たくないものができあがってしまうという話だった。

「だから僕は、大事に大事に宝箱にしまっておく。誰にも見せないように、傷つけられないように。でもそれをレイラが望まないというのもわかっているからね。今は大目に見てるんだよ？　安全な場所に縛り付けられたくなかったら、今後も自分の身は大切にしようね？」

二度目はないぞという凄みを見せながら、彼はにっこりと微笑んだ。それを見てレイラも「はい」と頷く。彼の言う保護は、軟禁と同義だ。そんなことされてはかなわない。

そうやって話していると、階段の下の方で「うぅ……」と呻き声が聞こえた。視線をやると、先ほどレイラが巻き込んでしまった男子生徒が倒れているではないか。レイラは驚いて目を見張る。てっきりアルベールがレイラと一緒に助けてくれたのだとばかり思っていたのだ。

「だ、大丈夫ですか⁉」

レイラは慌てて階段を下りて彼に近づこうとする。しかし、それはアルベールの腕に阻《はば》まれてしまった。

「レイラ、行かないで」

「どうして？」

「僕が近づいてほしくないから」

「今、そんなこと言ってる暇は――」

そこでふと気がついた。どうしてアルベールは彼を助けなかったんだろうと。レイラを助けたときの余裕から考えて、一緒に落ちる男子生徒を助けるのなんて彼には造作《ぞうさ》もないはずだ。なのに、アルベールはレイラしか助けなかった。その理由は――

「あの、アルベール様。もしかしてわざと彼を助けなかったんですか？」

レイラのその問いに、アルベールは微笑むだけで否定も肯定もしなかった。そんな彼の様子にレイラの眉間に皺《しわ》が寄る。

「アルベール様！」

「……僕はね、レイラ以外はどうでもいいんだよ。レイラだけが特別なんだ。あの男子生徒のことは名前も知らなければ、興味もない」

やっと彼の口から転がり出たその言葉に、レイラはアルベールがわざと彼を助けなかったことを知った。瞬間、頭にカッと血が上る。

「そんなことされても嬉しくない！」

「レイラ？」

「助けてくださったのは、本当に助かりましたけど、そういうのは嫌です！　そういうことで特別感を出されても、私は嬉しくない！」

突然怒りだしたレイラを宥めようとしたのか、アルベールの手が彼女に伸びてくる。それをレイラは振り払った。二人の手が当たり、パチン、という乾いた音が廊下に広がる。

「もう当分近づかないでください！」

怒りのままそう言い、レイラは階段を駆け下りた。そして階段の下で蹲《うずくま》っている男子生徒を助け起こし、肩を貸す。男子生徒は幸いにも怪我はしていないようだった。立っている様を見ても骨が折れている様子はない。

「巻き添えにしてごめんなさい」

レイラは助け起こした生徒に深々と頭を下げる。すると、男子生徒はなぜか一瞬狼狽《うろた》えた後、それを振り切るように声を荒らげた。

「まったくだよ！　本当に迷惑な奴だな、お前！」

「……ごめんなさい」

レイラは再び頭を下げる。

医務室に向かう道すがら、レイラは一度だけ後ろを振り返った。視線の先にはレイラのことをじっと見つめるアルベールの姿がある。心許なげに立ち尽くす彼を一瞬だけ可哀想だと思ったが、レイラは彼に声をかけることなく、男子生徒と一緒に医務室を目指すのだった。

◆
◇
◆

レイラがはじめてアルベールを拒絶した、数日後。

「で、マジで来なくなるんだもんなー。びっくりだわ」

ダミアンはそう言いながら頭の後ろで手を組んだ。二人がいるのは学園の校庭。基礎魔法学の実習中なので周りは騒がしく、二人の私語を聞いている者は誰一人としていなかった。

あれから、アルベールはレイラの前に姿を現さなくなった。数日前まではアルベールがレイラの寮の前まで迎えに来て、一緒に登校し、昼食も一緒に食べて、またアルベールが教室まで迎えに来て、一緒に下校するというのが一日の流れだった。しかし今は、朝も迎えに来ないし、昼も一緒に食べない。下校するときだって彼はレイラの教室に顔を出さなくなった。

（これでバッドエンドから逃れられたんだから、喜んで良いはずなのに……）

なのに、レイラの胸の中には妙なモヤモヤが残っていた。そのモヤモヤの原因はわからない。寂《さび》しいわけではないのだが、なんだか妙な喪失感があるのだ。それに、彼の最後の表情も気になった。

ダミアンと二人一組になったレイラは人差し指と親指でつまんだ杖を軽く振って、己の属性のマナを収束させる。レイラの適性属性は水だ。神経を研《と》ぎ澄ませると、目の前に小さな水の玉が現れる。ダミアンの前にもこぶし大の炎の玉が現れていた。レイラのものよりもずいぶんと大きい。

「ま、でもあれはアルベールの自業自得だわな」

「ダミアンも見てたんだね」

「まぁ、それなりに騒ぎになってたしな。俺が見たのは、もうお前がアルベールに助けてもらった後だったけど」

レイラは黙ったまま実習を続ける。数日前の騒ぎは、結構な人数が目撃していたのにもかかわらず、レイラのことを批判する人間はほとんどいなかった。いつも不遜な態度を取っているアルベールが痛い目を見て喜んでいる生徒もいたし、ダミアンと同じように今回のことはアルベールが悪いと考えている生徒が多かったからだ。

（でも……）

「でも、お前もあそこまで怒ることはなかったんじゃないか？」

レイラの心を掬ったようにダミアンがそう口を開いた。顔を上げると、彼はレイラの心をそのままを口にする。

「アルベールが男子生徒を助けなかったのは確かに悪いけどさ。本《もと》を正せば、お前が足を滑らせたのがいけないんだろ？　話を聞くに、男子生徒だってお前が巻き添えにしたみたいだし。自分だけ助けてもらって罪悪感があるのはわかるけど、あんまり他人を責めすぎるなよな」

「……ダミアンって、厳しいね」

「お前だって、心の底では同じようなこと思ってるんだろ？　だから俺も言ってんだ」

彼はそこで言葉を切ると、レイラから視線を外す。

「俺だって、むやみやたらに嫌われたいわけじゃねぇからな」

「ダミアン……」

ダミアンの言葉にレイラは感動したような声を出した。彼に信用されているという事実に、胸がジンと熱くなる。

「レイラ！　レイラ・ド・ブリュネ！」

そのとき、レイラの背中に基礎魔法学の担当教師であるエマニュエル先生の声が突き刺さる。エマニュエル先生は背中に一本芯が入っているような女性の先生だ。確か、年齢は七十を越えているはずだが、彼女の見た目は常に若々しく、醸し出す雰囲気は若い人にも引けを取らない。真っ白い髪の毛は常にワックスで整えられていて、背筋は常に伸びている。纏《まと》っている黒いローブにはシミ一つなかった。

「貴女に私語をしている時間があると思っているんですか？　基礎魔法学、座学は問題ありませんが、貴女の実習の成績はこのクラスでも一番悪いですよ？　私語をしている暇があったら、もうちょっと真剣に取り組みなさい」

「はい！　すみません」

レイラが背筋を伸ばしながらそう返事をすると、エマニュエル先生はフンと鼻を鳴らしレイラに背を向けた。そして他の生徒の指導をはじめる。

そんな彼女の背中を見届けて、ダミアンはレイラに向けて声を潜めた。

「お前、気をつけろよ。エマニュエル先生に目をつけられてんぞ？」

「あはは……。気をつける」

レイラが苦笑いでそう言うと、ダミアンは片眉を上げた。

「とにかく！　お前はもう一度、アルベールと話し合ってみろよ。……誰もお前のそんな顔、見たいわけじゃないからさ」

その言葉にレイラは繕《つくろ》っていた表情までも、ダミアンに悟られていたことを知った。

◆◇◆

レイラが動いたのは、その日の放課後のことだった。ダミアンに事情を話し、一人でアルベールのことを探しに出たは良いものの、食堂にも、教室にも、お昼に使っているいつものベンチにも、彼の姿はなかった。同じ学年の人にも聞いてはみたのだが、「知らないなぁ」「わからないなぁ」がくり返されるばっかりで、特に情報という情報は得られなかった。

「アルベールって、普段どこにいるんだろ」

校舎を探し終わったレイラは、今度は校庭を歩きながらそうぼやく。今まではアルベールから会いに来てくれていたのでレイラが彼を探すということはなかった。だからいざアルベールを探すとなると、どこをどう探せば良いのかわからないのだ。こうして考えてみると、レイラはアルベールのことをほとんど何も知らないのだと実感させられる。

（アルベールはどうやって私のことを探していたのかな。……ってか、私は彼に会ったら何を言うつもりなんだろ）

謝るのは違う気がするし、だからといって、これ以上責め立てる気も全くない。仲直りしたいのかと自分の心に探りを入れてみたけれど、やっぱり答えが出ずに、だけどそれが一番近い感情のような気もしている。

でも、このままアルベールが諦めてくれた方がレイラ的には都合が良いはずなのだ。まだ来てもいない未来に怯えることもない上に、彼のヤンデレを治す必要もなくなる。昼休みに恥ずかしい思いをしなくても良いし、あんなに歯の浮くような台詞を言われなくても済む。あんなにデロデロに甘やかされたら人間的に駄目になってしまうと正直心配していたのだ。

心配、していたんだ。

（未練があるの、かな……）

好きになったというのは、おそらくない。悪くないなと思っていたし、彼の顔面にやられぎみだったのも確かだが、そこにはまだ恋愛感情というものは生まれてなかった。

まだ。そう、まだ。

そのときだ。視界の端に見知った人が映った。しかし、それはアルベールではない。階段から転落したときに、巻き添えにしてしまったあの男子生徒だった。医務室に連れて行ってから会うのを拒絶されていたので、あれからどうなったのか気になっていたのだ。噂では大した怪我もなくすぐに回復したと聞いていたのだが、本当だろうか。

レイラは慌てて彼の背中を追った。男子生徒は校舎裏につながる狭い道を入っていき、少しだけ開けた場所で足を止めた。レイラはそこで彼に声をかけようとしたのだが――

「ピエールじゃん！　お疲れー」

「身体の調子はどんな感じ？」

　その言葉で彼以外の誰かがその場にいると知り、レイラは再び身を隠した。そしてそのままの状態で彼らの会話を聞いてしまう。

「平気だよ。落ちたときは痛かったけど、大して変な所打たなかったしな」

「マジで今回は散々だったよなー」

「ホント、ホント！」

　彼らの話題はレイラが巻き込んでしまった階段転落事故のようだった。ピエールと呼ばれた彼は、ガタイが大きい男子生徒と少し浮かれた雰囲気のある女子生徒の二人と会話をしている。おそらく、ここが彼らのたまり場になっているのだろう。

「でもまさか、お前が巻き込まれるとはなー。あのときは焦ったわ」

「マジで！　ルイーズの頼みだから受けたけどさ。階段から落ちたときはさすがにちょっと後悔したわ」

「ありがとね、ピエール。すごくすっきりしちゃった！　マチューもフォローありがと！」

「ま、ルイーズの頼みなら女一人を階段から突き落とすのなんて造作もないしな！」

「そうだな！　また何かあったら言ってくれよ！」

（え？）

「途中まではうまくいってたんだけどなー」

「そうそう。俺の風とマチューの水の魔法で足を滑らしたところまでは良かったんだけど、まさかアイツが袖を掴んでくるとは思わなくてさー。正直バレたんだと思って焦ったわ」

「結果的には落ちなかったけど。ま、アルベール様と喧嘩したみたいだし、作戦としては成功よね」

（はあぁぁぁぁ⁉）

レイラは唇から溢れそうになる叫び声を手で押さえて飲み込んだ。この話が本当だとすると、レイラを落とそうとした犯人はレイラが巻き込んでしまったあの男子生徒、ピエールということになってしまう。ついでに言うならマチューというあの大柄の生徒も犯人だ。

そのとき、レイラの脳内にアルベールとのやりとりが蘇《よみがえ》ってきた。あれは確か、レイラが階段から落ちたピエールに駆け寄ろうとしたときだった。

『レイラ、行かないで』

『どうして？』

『僕が近づいてほしくないから』

もしかしてあれは嫉妬などではなく、ピエールがレイラを落とした犯人だから近寄るなと言いたかったのだろうか。

（でもそれなら、言ってくれれば……）

「あの子、新入生だってのにアルベール様の側をうろちょろして、生意気だったのよね。別に可愛くもないし、何が出来るってわけじゃないのにさー」

「しかもアイツ、噂の奨励生《しょうれいせい》だろ？　学費免除の。まったく、貧乏人がうちの学園に来るなって話だよなー」

「でも聞いたか？　アイツ奨励生のくせに――」

レイラの悪口で彼らの会話にわっと花が咲く。それを聞きながら、レイラはアルベールが自分に何も言わなかった理由を知った気がした。きっとアルベールは彼らのこんな会話をレイラに聞かせたくなかったのだ。自分が嫌われているかもしれないなんて、そんなの聞いても傷つくだけである。

（アルベールに謝らないと！）

驚くほど素直に、なんの抵抗もなくそう思えた。レイラはその場から踵を返し、再びアルベールを探しに行こうとする。しかし、急いだ気持ちがいけなかったのか、レイラはその場にあった金属製のバケツを思いっきり蹴ってしまう。

響き渡る金属音。バケツの側に置いてあった数本の箒も同時に倒れて、更にその場の空気を揺らした。

「ん。誰かいるのか？　――って、お前っ！」

背中にそんな声が突き刺さる。振り返れば、ピエールたちが彼女を見て固まっていた。レイラは思わずその場から逃げ出してしまう。

「おい、待て！」

そうピエールが叫んだ瞬間、目の前にレイラの身長の高さほどの壁が現れた。レイラは目の前に突然現れた土の壁に驚き、その場に尻餅をついてしまう。ピエールの方を見ると、彼は杖を構えていた。

「おい、お前どうするんだよ。アルベールから、この女には近寄るな、って釘刺されてるんだろ？　このまま逃がしたほうが良いんじゃないか？」

「でもこのままじゃ、俺たちだけじゃなくてルイーズが関わってたことが知られちまうだろ？」

「それは確かに……」

マチューも胸ポケットから杖を取り出す。そして、ピエールとともにレイラに歩み寄ってきた。

レイラは地面に尻をつけたまま、ズリズリと彼らから後ずさる。

「つまり、ちゃんと口止めしとかないと、だな」

「そういうこと」

「二人ともがんばってー」

彼らのやりとりを聞いていると、レイラの全身から冷や汗が噴き出す。

レイラはその場から立ち上がると、土の壁に背をつけた。このままでは何をされるかわかったものじゃない。とりあえず人目があるところまで逃げれば彼らも無体なことはしないはずだが、どうやって逃げればいいのか見当もつかない。

レイラは震えた声で言った。

「えぇっと。さっき聞いたことは誰にも言いませんから……」

「んなこと信じられると思ってんのか？」

そう言ってピエールが杖を振る。すると一瞬にして、レイラの身体が大きな水の玉に包まれた。いきなりのことで混乱して、レイラはその場で口の中にたまっていた空気を全て吐き出してしまう。

ごぽ、と異様な音がして大きな泡が頭上へ上がっていく。

『おい！　さすがに殺すなよ！』

『殺さねぇよ。でも、忘却薬は持ってきてないし、身体に憶《おぼ》えさすしかないだろ』

水の中だからか、男たち二人の声が遠くに聞こえる。ルイーズと呼ばれていた女生徒は興味がなさそうに壁に背をつけたままレイラのことを見つめていた。

（このままじゃ——）

完全に窒息してしまう。マズい。

レイラは水の檻から外に出ようと手足を動かそうとした。しかし——

（どうして……）

身体にまったく力が入らない。手のひらを見ると、なぜだか小刻みに震えてしまっている。確かに水に包まれていることは怖い。だけど胸からせり上がってくるこの恐怖はそれだけではない気がした。そうしている間に今度は身体中が震え出す。襲ってくる恐怖に思わず自分の身体を抱きしめると、身体の中に残っていた最後の空気が唇の端から外に出て行った。

ごぽっ、と命の泡がまた浮かんで消える。

（やばいやばいやばい）

身体が震えているからか、血中の酸素がなくなっていくのが早い気がする。頭もぼーっとしてきて手足の感覚がだんだんと遠くなっていく。

（あ……）

もうダメだと思ったときには身体に全く力が入らなくなっていた。震えも止まる。それと同時にレイラの意識は深い闇の中に消えていくのだった。

◆◇◆

それを思い出したのは、きっと水にまつわる記憶だったからだ。

最初に思い出したのは、屋敷の近くにある川が泥水を流す音だった。前日の大雨で、その日の川の水量は大きく増えており、叔父さんと叔母さんから、川には近づいてはいけないと何度も口酸っぱく言われていた。

だけど川の様子を見に行った叔父さんがなかなか帰ってこなくて、不安に駆られた私は叔母さんの目を盗んで叔父さんを探しに川の様子を見に行った。

小高いところに建っている屋敷から飛び出して、道を駆け下りる。幸いなことに雨は降っていなくて、道はぬかるんでいたけれど、さしたる障害もなく私は川岸にたどり着いた。

初めは大きなゴミが落ちているのだと思った。

白い布に包まれた大きなゴミ。それは私の身長よりも高くて、とても重そうに見えた。ゴミを包んでいる布は水を吸っていて、泥だらけ。だけど良い布だってことは一目でわかって、私はその物体に近づいて様子を確かめた。

布を捲ってしまったのは、きっと興味から。その長細い物体がなんなのか気になったのだ。

そして、私は驚きの声を上げてしまう。

「ええ⁉　子供⁉」

そこにあったのはゴミではなかった。人だった。人がいた。

七歳になったばかりの私よりも、年上だろう少年。白銀の髪を持つ、お兄ちゃん。流されてきたのだろう、彼は泥だらけで顔も青白かった。呼吸だけはなんとか確認できて、私は慌てて立ち上がった。そして、大人を呼びに行こうと屋敷に走ろうとする。

「誰も、呼ばないで……」

ひんやりとした体温のない手が、私の手首をしっかりと握った。振り返ると少年が私の手首を掴んでいる。私は焦ったような声を出した。

「でも！　でも！」

「迷惑を、かけたいわけじゃないんだ。お願い、だから」

少年がゆっくりと身体を起こす。そして、閉じていた瞼を開けた。

そこには大きくて綺麗なラピスラズリ。星のきらめく夜空の瞳。

なんて綺麗なんだろう。そう思ったところで、場面が切り替わった。

◆

「レイラは、弟さんが生まれるから、こっちでお世話になってるんだね」

次に思い出したのは、少し元気になった少年の声だった。

彼は自分の名前を『アル』と名乗った。どうしても大人に見つかりたくないと言うので、私は彼を自分の秘密基地へ連れて行った。秘密基地というのは、屋敷の近くに建っているほったて小屋だ。そこは昔、叔父さんが狩猟するときに使っていた場所だった。三年前に叔父さんが足を悪くしてからはもう使われておらず、アルは叔父さんが使っていたベッドでしばらく寝起きをして、三日ほどである程度の元気を取り戻した。

「レイラはお父さんとお母さんに会いたいの？」

「うん。でも、まだ迎えにはこれないみたいでさ」

七歳の子供だった私は、年齢が近いだろう彼に、会う度にそんな話をしていた。

弟が生まれてくること。それ自体は嬉しいけれど、両親に会えないのは寂しいこと。叔父さんの家には同世代の子供がいなくてつまらないこと。お父さんとお母さんが、弟が生まれた後、自分を見てくれるか不安なこと。弟と仲良くしたいこと。

アルはそれを零すことなく全て聞いてくれて、「がんばってるね」「すごいね」「大丈夫だよ」と私の頭を撫でてくれた。

「僕、魔法が使えるんだ」

アルがそう言ったのは、出会って五日ほどが経ったときだった。まだ自分の中に魔法の適性があることを知らない私は、その告白に無邪気な声を出した。

「まほう？　魔法ってあれでしょ？　えらい人とかすごい人が使うやつ！　アルも使えるの⁉　すごいね！　素敵だね！」

私のはしゃいだような声にアルは「素敵かどうかわからないけど……」と前置きをして、どこか重い口を開く。

「君の屋敷がどこにあるのかわからないから連れて行ってあげることは出来ないけど、君の記憶を元にして、どこかの鏡に君の両親を映すことなら出来ると思う」

「え？」

「なにか、君に、お礼がしたくて……」

アルは視線を合わせることなく、か細い声を出した。どうして彼が視線を合わせないのか、言いにくそうにしているのか。それらを私は何も理解しないまま彼に訊りついた。

「そうなの？　見せて見せて！」

「うん。それじゃ、何か鏡あるかな？」

「鏡？　鏡かぁ……」

「それなら、その器に水を張って水鏡《みかがみ》にしようか」

アルが指したのは、私が彼のことを看病するときに使っていた金属製の桶だった。彼はそれに川の水を張って水鏡を作ると、私の手を握った。

男の子に手を握られるなんて初めてで、私が目を白黒とさせていると、彼はふっと表情を崩して「記憶が必要だからね」と手を握った理由を明らかにした。

そして、私の手を握っていない方の手を彼は水鏡にかざす。

アルの手のひらが熱くなる。それと同時に私の手のひらも熱くなった。そして、彼の白銀の髪がわずかに浮き上がり、水鏡にかざしている方の手が淡く輝く。

私は初めて見る神秘の力に「わ！　わわ！　すごい！」と声を跳ねさせた。

しかし――

「あれ？」

水鏡にかざしていた手の光はすぐさま消えてなくなった。同時に彼の手のひらからも熱が消えうせる。

魔法が成功して水鏡に両親が映っているのかと思った私は、桶を覗き込んだ。しかし、そこには揺蕩《たゆた》っている水に自分が映り込んでいるだけで、両親はどこにもいなかった。

私はアルを振り返る。

「魔法、失敗しちゃった？　それとも使えなくなっちゃった？」

「ち、違う！　ちょっと待って！　もう一度やってみるから！」

それから何度かチャレンジしてみたけれど、やっぱり水鏡に両親は映らなかった。

両親の姿が見れると思っていた私はショックを受けた。でもそれ以上に、アルがショックを受けているように見えた。その顔は絶望していると言っても差し支えがないほどで、私は思わず彼の手を取ってしまう。

「アル、大丈夫？」

「ごめん。ごめんね、レイラ」

「私は――」

「僕にはこれだけしかなくて……。だから、その……」

私の手を握るアルの手が小刻みに揺れる。

「こんなに良くしてもらったのに、僕は君に何も返せない」

泣きそうな声だな、と思った。私も少し前に出したことがある声。これは、多分、置いて行かれるのを怖がる声だ。どこにも行かないで欲しいと叫んでいる声色。どうしてアルがそんな声を出すのかわからない。だけど、このままにはしておけなかった。

私はアルがそうしてくれたように、自身の手のひらを彼の頭に乗せるとゆっくりと動かした。身長差があって上手に撫でられているとは言いがたかったけれど、それでも丁寧に彼の白銀を梳《す》くように。

「大丈夫だよ。私ね、アルがいてくれるだけで楽しいよ！　だってさ、アルいっぱい話を聞いてくれるし、この前、お花だって摘んでくれたでしょう？　無花果《いちじく》だって取ってくれたし、なによりこんな風にいっぱい撫でてくれるし！」

「レイラ……」

「魔法が使えなくても良いよ。私ね、アルがいてくれて良かった！　いてくれるだけで十分！　だから何か返そうとか思わなくても良いよ。それよりずっとお友達でいてよ。ずっと一緒に遊ぼうよ」

「……うん」

ラピスラズリが揺蕩って、星を一粒転がした。

頬を滑るそれを見て、私は微笑みを強くした。

◆

最後の記憶は暗い水の中から始まった。誰かに頭を押さえつけられている。川のせせらぎが聞こえることから、私が顔をつけられている場所が川だということだけがわかった。閉じた瞼の上から光を感じないから、きっといまは夜なのだろう。

怒りと悲しみと混乱と焦り。感情がぐちゃぐちゃになったアルの泣きそうな声が耳に刺さる。

「お願いだ！　大人しく戻るから！　彼女を殺さないでやってくれ！　お願いだから！」

それは懇願だった。顔を見ていないのにわかる。きっと今、彼は泣いているのだろう。

私を助けるために声を張って、私の顔を川に沈めている人に必死に懇願をしている。

「お前たちの言うとおりに動くから！　人だって殺すから！　もう逃げ出したりなんかしないから！　お願い、だから……」

それでも、私の頭を沈めている人の手の力は緩まなかった。私の髪の毛を強く掴んで、頭を水の中に押し込んでいる。きっと殺す気なのだろう。それだけはわかる。

大人しく殺されるつもりなんてない私は、必死に両手足を動かして抵抗をしてみたが、子供の力が大人の力に敵《かな》うわけがなく、ただ無駄に酸素だけを消費した。

苦しい。辛い。もうやめて。逃げたい。嫌だ。やめて。

苦しい。苦しい。苦しい。苦しい。

意識が遠のきかけたとき、意識の端で「わっ！」「何をするんですか、殿下！」という男の声が聞こえる。その後、すぐさまアルの必死な声が空気を震わせた。

「彼女を殺したら、僕もここで死ぬからな！　わかってるのか！　本気だぞ！」

直後、頭上で男の舌打ちが聞こえた。そして、頭を押さえている手の力が緩まる。私は髪を掴まれた状態で川から出され、地面に放り投げられた。身体が地面を跳ねて、ごろごろごろと転がる。身体が跳ねた拍子に肺の空気が全部吐き出されて、すごくすごく苦しかったけれど、助かった安堵《あんど》で、嬉し涙が目の端を伝った。

仰向けに寝転がって、目を開く。すると、そこには満天の星が溢れていた。

（あぁ、そういえば私、これを二人で見ようと……）

「ごめんね。ごめんね、僕のせいで」

「アル……」

気がつけばアルが隣にいた。彼の手には先ほど脅しに使ったのだろう小さなナイフが握られている。私の方はびちゃびちゃだったけれど、彼の方はどろどろで。私は彼の頬についている泥を親指で拭った。すると、彼の目元に、更に沢山の涙がたまる。

「忘却薬は飲ませますよ。わかっているとは思いますが、殿下のことは……」

「あぁ！　それはいい！　わかってる！」

怒鳴るようにそう言って、アルは再び私に視線を落とした。瞬《まばた》きをした拍子に零れた彼の涙が、私の頬に落ちて温《あたた》かかった。その温《ぬく》もりに頬が緩む。

私はアルの小指をぎゅっと握ると、掠れた声を絞り出した。

「アル、また遊ぼうね」

「また？」

「うん。また」

「そうだね。また、会いたいなぁ……」

くしゃりとアルの表情が歪む。その表情は未来を願っているようにも、諦めているようにも見えた。興奮して熱くなったのだろうか、いつもより体温の高い彼の両手が私の右手を包む。そして私の右手ごと両手を額にぐっと押しつけた。

「僕も、またレイラに会いたいよ。会いたい」

「さ、殿下。どいてください」

アルを押しのけて、黒ずくめ男が私の隣に膝をついた。そして身体を起こし、口元にピンク色の液体が入った小瓶を近づける。

「毒じゃないから飲め。俺はアイツとは違って、お前を殺したいと思っているわけじゃない。ただ、憶えてもらっていては困ることがあるんだ」

「……」

「ちゃんと飲んだら解放してやれる」

どこか同情するような声の響きに、私は素直に小瓶に口をつけた。そして、流し込まれるがままに中身を飲み干す。蜂蜜と砂糖水の間のような甘ったるさに、遠くに感じるわずかなハーブ。美味しいわけではないけれど、吐き出すほどマズいわけではない。私が中身を全て飲んだことを確認して、男が私身体をその場にそっと寝かせる。

「獣除けはしといてやる。……それじゃ、行きましょうか。殿下」

「……あぁ」

二人の男に挟まれるようにして、アルが私に背を向ける。

「アル……」

私は小さくなっていく彼の背中に手を伸ばす。だけど、薬のせいか白い靄《もや》がかかりだした頭では、もうまともな言葉を呟くことが出来なくなっていた。

アルの瞳のような満天の星が、私をじっと見下ろしている。

「アル。また、遊ぼうね」

その言葉を呟いたことだけは、アルのことを全て忘れた後でも、なぜか鮮明に覚えていた。

◆　◇　◆

「うわあぁぁあぁぁぁ！　やめろっ！　近寄ってくるなっ！」

「僕は言ったよね。レイラにもう二度と近寄るなって……」

鼓膜を破るような叫び声と、怒りを内包した絶対零度の声。

そんな対照的な喧噪《けんそう》がひしめく空間で、レイラは目を覚ました。身体を起こすと、水に包まれていたはずの制服や髪はもう乾いていて、胸元にかかっていたのだろう上着がばさりと太股の上に落ちた。傷む頭をさすりながら状況を確かめれば、そこはまさに地獄絵図だった。

レイラを守るように背を向けているアルベール。その奥には尻餅をつくピエールたち。

小さく蹲っているのは、マチューと呼ばれていた男子生徒で、彼の片腕は無残にも千切れて地面に転がっていた。ピエールの頭からも血が流れているし、ルイーズと呼ばれていた女生徒は半狂乱になりながら何かをひっかいていた。ルイーズがひっかいている何か。それは黒い壁のようなものだった。それがドーム状になりレイラたちを覆っている。これはきっとアルベールが彼らを逃がさないように施した魔法の一つだろう。もしかしたら目隠しの役割を兼ねているのかもしれない。

（これって……）

何が行われているのか一瞬で理解できたのに、頭がその事実を受け入れることを拒否している。だって、こんな怖いこと、あの、アルベールが――

レイラの脳裏に、嬉しそうに笑うアルベールの顔が浮かぶ。それと同時に彼のものとは思えない冷たくて低い声が鼓膜を揺らした。

「ダメだよ。ダメだ。絶対にダメだ。何を言われても許してやらない。命乞いをしても助けてやらない。忠告を聞かないお前たちの自業自得だ」

「助けてぇぇぇ！」

「だから！　わ、悪かったって、言ってるだろ！」

「アル！」

　レイラはとっさにアルベールを呼んだ。愛称を使ってしまったのは、夢の内容がまだ頭の中に残っていたからだろうか。

　レイラの声にアルベールが振り返る。そして「レイラ……」と呟き、大きく目を見開いた。アルベールはレイラの元へ歩み寄ると、膝をついた。そして、彼女の身体を確かめはじめる。

「大丈夫？　どこか痛いところは？」

　ペタペタと身体を触られる。それがなんだか恥ずかしくて注意しようとしたのだが、身体を触ってくるアルベールの目が真剣そのものだったのでなんだか水を差せなかった。レイラは頬をわずかに染めながら、口を開く。

「私は平気よ。それより――」

「良かった……」

　アルベールは心底ほっとしたような声を出し、レイラを抱きしめた。安堵により崩れた表情は、いつもの穏やかな彼を彷彿とさせる。しかし、それも一瞬のこと。彼は瞬き一つで元の厳しい表情に戻ると、真っ黒い杖を怯える彼らに伸ばした。同時に彼らから悲鳴が上がる。

「ちょっと待っててね。すぐに全部片付けるから」

「ま、待って！　片付けるって、その、殺すって、ことじゃないよね⁉」

「大丈夫だよ。死体はどこにも残さないから、きっと行方不明という扱いになるはずだ」

「そ、そんな心配はしてないの！」

レイラはアルベールの杖を持っている方の腕に抱きついた。すると、彼はまるで信じられないものを見るような目でレイラのことを見る。

「どうして庇《かば》うの？　彼らは君にひどいことをしたんだよ？」

「わ、私のことは別にいいの！　こうやって生きてるわけだし！」

「よくないよ。少なくとも僕は許せない。君を見つけたとき、僕は生きた心地がしなかった」

感情なく淡々と、アルベールはそう語る。その目にはやはりまだ怒りの炎が見えた。彼はその炎をひととき収めると、レイラに優しい視線を向ける。

「こんな奴らまで助けようとするだなんて、レイラは優しいね。そういう君も大好きだけれど、こんな奴らなんか庇わなくていいよ」

「違う違う違う！　私が心配してるのはアルのことよ！」

「え。――僕？」

意外そうな声を出してアルベールは固まる。

「アルは誰かを傷つけて平然としてられる人じゃないでしょう？　このままこの人たちを殺したら、絶対後悔すると思う！」

レイラの断言にアルベールは悲しげに視線を下げる。

「レイラ。僕はね、君が思っているような人間じゃないよ。それに僕は、レイラのためなら誰だって殺すことが出来る」

「誰だって、って……」

「誰だって、だよ？　国王だって平民だって、この学園の生徒だって、先生だって。僕にとっては等しくどうでもいい命だ。特別なのは君の命だけ。君の命だけが貴《とうと》いんだ。だから、君のためなら僕は誰だってこの世から葬《ほうむ》れるよ」

「私のためだというのなら、殺さないで！　私は自分のせいで人が死ぬのは嫌だし、アルがそういうことをしているのも見たくない！」

「でも……」

「それに、殺せるからといって、心が傷むか傷まないかは別でしょう？」

レイラはアルベールの杖を掴んでいる手を両手で包み込んだ。そのまま杖の先を降ろさせる。

「アルが悲しいと、私も悲しいわ」

だから従って。そう言外に滲ませると、アルベールは身体の力を抜いた。そして、少しふてくされたような表情になる。レイラは視線で腕を失ったマチューを指した。

「アル。彼の腕、治すことって出来る？」

「……出来るけど」

「治して」

まるで嫌だというようにアルベールはふいっと視線を逸らす。しかし、レイラが「治して」ともう一度強めに言うと、彼はため息を一つ吐いて、地面に転がっているマチューの腕を手に取った。

未だに血が滴っているその腕を持ちながらアルベールはマチューに近づく。

「うわあぁぁ！」

「うるさい。僕だってこんなことをしたいわけじゃない」

アルベールはマチューの肩を乱暴に掴んだ。そして腕の切り口同士を近づけて、何か呟く。すると、アルベールが持っている腕の切り口から黒い触手のようなものが生えてきてマチューの腕にとりついた。黒い触手の見た目は、長いヒル、というのが一番しっくりとくる感じで、その気持ち悪さにマチューは更に発狂したような声を上げる。

「うわああぁぁぁぁあぁ！」

「黙れ」

よほど不快だったのだろう、アルベールは彼の肩を押して地面にマチューの顔を押しつける。しかし、治療を放り出す気はないようで、触手たちが患部を繋げている間、マチューの腕を支えていた。腕が治ったのはそれから数分後のこと。アルベールは完治と同時に彼の腕を手放した。どさりと腕が地面を打って、アルベールはマチューから身体を離した。どうやらマチューは気を失っているようだった。

「ありがとう、アル」

「……レイラの頼みだからね」

不服そうなのは変わらないけれど、アルベールの唇に笑みが戻る。

レイラが落ち着いたアルベールにほっと胸をなで下ろしていると、彼は「あぁ、そうだ」ともう一度黒い杖を取り出した。レイラは目を見開く。

「ちょ、ちょっと！　なにを――」

「安心して。ちょっと認識の操作をするだけだから」

「認識の操作？」

「今日あったことは全部夢ってことにするんだよ。殺さないのなら、彼らの記憶が残っているのは面倒だ。だからといって消してしまうと、また懲りずにレイラを狙うかもしれない。僕らに近づくだけで悪寒《おかん》が走る。そういうトラウマにさせる」

アルベールはそこまで説明した後、まるで許可を求めるように「これもダメ？」と首を傾《かたむ》けてきた。その顔が年上なのになんだか可愛く思えて、レイラはふっと表情を緩ませる。そして首を横に振った。

「ううん。……ありがとう。私を守ろうとしてくれて」


ピエールたちの傷を全て治し、彼らの記憶を全て夢だったことに書き換え終える頃には、もう空に星が瞬《またた》いていた。寮の門限にはまだ間に合うが、完全に夕食は食いっぱぐれていて、二人はアルベールの提案で学園の外に食事をとりに行くことになった。

セントチェスター・カレッジは、レイラの住んでいる国、ハロニアの端に位置しているモンドスという街の中にある。

そこは学園のために作られたような街で、世界で一番魔法が飛び交《か》っている街とも言われていた。

といっても、魔法が使える人間自体がそもそも少ないので、正確には魔道具が多く使われている街、というほうが適切だろう。その証拠に彼らの頭上を照らすのはオグルクールというホオズキによく似た植物を加工したランプだし、観光者用にワゾーという鳥形の灯りもそこら辺で売っている。ワゾーは一見すると普通の鳥のように見えるのだが、使用するとお腹と羽が光を放ち、使用者の足元を照らすのだ。しかも、使用者として認識されると、ワゾーは勝手についてくる。値段は少々お高めだが、モンドスに来た観光客は、記念によくワゾーを買って帰る。

そういったこともあり、モンドスでは土産物としての魔道具の生産も盛んで、工房が至る所にあったりする。セントチェスター・カレッジの卒業生の何割かは、ここの魔道具工房で就職したりもするのである。

レイラは学生用の安価な魔石をたたき売りしている商店を横目に、制服の上から着ている外套《がいとう》のフードを深く被りなおした。

「こ、こんなことして怒られませんかね？」

「怒られないよ。多分」

彼女の質問に、アルベールは足取りも口調も軽くそう言ってみせる。彼もレイラと同じように外套を身に纏っており、特徴的な白銀の髪をフードで隠していた。

学園の生徒が許可なく学園の外に出ることは禁じられており、もし先生などに見つかってしまった場合、一定期間の外出禁止や、停学や退学といった厳しい罰則が待っている。

そんなことなど気にも留めていないようなアルベールに、レイラはがっくりと肩を落とす。

「そりゃ、アルベール様は怒られないかもしれないですけど……」

「僕が怒られないなら、きっとレイラも怒られないよ」

「それはないですよ」

「だって、僕が誘ったんだよ。君が僕の誘いを断れるわけないでしょう？　先生たちだってそう考えるに違いないよ」

隣国とはいえ王族の申し出を、没落しかけた子爵家の令嬢が断ることなんて出来ない。

周りはそう考えるはずだとアルベールは言ったのだ。つまり、事が露見してしまった場合、自分が無理矢理レイラを連れ出したことにして全ての泥を被る、とアルベールは言っているのである。

言葉の意味を正しく理解したレイラは、不満げに唇を尖らせた。

「決めたのは私ですし、そういうわけにもいかないので。怒られるときは一緒に怒られます！」

「ふふ、レイラってば優しいね」

「……嘘が苦手なだけですよ」

「それじゃ、余計に見つかっちゃダメだね」

アルベールは懐から杖を取り出すと、聞き取れないほどの小さな声で呪文を呟いた。すると杖の先に光の粒のようなものが収束する。アルベールはその光の固まりを杖の先でレイラの額にそっと置いた。すると、何か淡い光のようなものがレイラの身体を包み、そしてすぐに消えてしまった。

何が起こったのかわからず呆けるレイラを尻目に、アルベールは自分にも同じ魔法をかける。

「これは？」

「認識阻害の魔法。いうなれば、透明人間になれる魔法かな？　自分から話しかけたりすれば気づいてもらえるけど、それ以外では他人から認識されなくなる。僕とレイラはもちろんお互いを認識できるけどね。これ、結構便利な魔法だから、ちょっと気に入ってるんだ」

普段から頻繁に使っているのだろう。彼はそう言ってウィンクをしてみせる。レイラは自身の手のひらを見つめ、何も変化していないことを確かめた後、アルベールを見上げた。

「あの、この魔法って学校で習うんですか？」

「さぁ。どうだろ。でもそこまで難しい魔法じゃないから、習うんじゃないかな？　今のところ、僕は習ってないけどね」

「前々から気になってたんですが、アルベール様はどうして学園に入ってるんですか？」

アルベールは学年だけでいうのならば二年生だが、使える魔法はもうすでに学園で教わるレベルを超えている。今日使った認識操作の魔法や、認識阻害の魔法もそうだし、ピエールたちを覆っていた黒いドームのようなものも教科書では見たことがない。最初レイラのことを縛っていた蛇のようなものだって、習うかどうか怪しいところだ。

つまり、彼が学園で学ぶことは何もないのである。

レイラの質問に、アルベールは「うーん」と顎を撫でた。

「それは、学園を卒業したって証明が欲しいからかな？」

「卒業の証明、ですか？」

「僕の国ではね、闇属性は禁忌の力なんだ。だから偉い人は、僕がそれをコントロールできてますって証明が欲しいみたい。躾《しつ》けられていない猛獣は飼えないんだろうね。まぁ、僕が逆の立場でも同じように思うし、これぱっかりは仕方がないよね」

悲哀など少しも感じさせることなく、むしろ唇の端を上げながらアルベールはそう答えた。

その答えに唖然としながらも、レイラはまた口を開いた。

「それじゃあ、もし卒業できなかったら、どうなるんですか？」

「鎖をつけて檻に入れられるんじゃないかな？　……でもま、それだけのことだよ」

まるで好きな食べ物を答えるときのような気軽さでアルベールはそう答えた。

レイラは彼の答えに思わず声を大きくしてしまう。

「そ、それだけじゃないですよ！　なら、今日のこととか、バレたらヤバいんじゃないですか？」

「まぁ、バレたら結構ヤバかったかもね？」

セントチェスター・カレッジは魔法学園ということもあって、応用魔法学で教わるところまでに限るが、学園内で魔法を使ってもいいことになっている。けれど、それも『人を傷つけない場合に限り』だ。学園でも教わらない魔法を使い、人の腕を切り落とすなんて暴挙、バレでもしたら大変なことになっていた。いくら隣国の第二王子であろうが、退学という選択肢も出てきてしまっていただろう。

「大丈夫。鎖とか檻とかは比喩表現だよ。でもまぁ、卒業できるに越したことはないからね。ちゃんと認識操作魔法が効いてるようで良かったよ」

起き抜けのピエールたちのことを思いだしているのだろう、アルベールの顔に笑みが浮かぶ。

ピエールたちは目を覚ますと自分たちの身体を確かめ、目の前にいるアルベールに小さな悲鳴を上げた。それを黙って見つめていると、「すみません。ちょっと寝惚《ねぼ》けてたみたいで……」と頭を下げ、そそくさと寮に戻って行った。

あの反応を見る限り、魔法は正常に効いていたのだろう。あのことが明るみになればレイラだってただじゃ済まなかったので、そのことには純粋にほっとした。

「それともう一つ」

アルベールはそう言って、手に持っていた黒い杖をレイラに向けてくるっと回した。杖の先に集まっていた橙色の輝きが円い光跡を描いた後、小さな光の粒となってレイラの元へやってくる。そして、彼女の周囲を回りはじめた。突然の出来事にレイラは「わわっ！」とその場で狼狽えたように蹈鞴《たたら》を踏む。光の粒は高速でレイラの周りを回った後、突然強い光を発した。

カメラのフラッシュだ。

そう思ったのは、レイラに前世があったからだろう。

レイラは、いつの間にか固く閉じていた目を開ける。最初に目に入ってきたのは、レイラの瞳の色と同じエメラルド色のスカートだった。裾の部分には白いレースがあしらわれていて、腰の部分にも同じ色の布が巻かれている。レイラは慌てて、閉まっている店のショーウィンドウのガラスで自分の姿を確かめる。

「これって⁉」

「制服を着ていたら、声をかけた店の店主が学園に通報するかもしれないだろう？　さすがに、それはまずいからね。着替えてみた」

そう言って隣に立つアルベールの服も変わってしまっている。学生の身分を示す制服から、本来の王族然とした姿になった彼は、困惑するレイラを落ち着かせるように彼女の肩に手をそっと置いた。

「大丈夫だよ。帰るときには制服に直してあげるから」

「それは、是非ともお願いしたいのですが。だとしても、こんな……」

ショーウィンドウのガラスに、並んでいる二人が映る。先ほどまでは完全にお忍びという感じだったのだが、今はどちらかといえば着飾っている感じだ。簡単に言えばちょっと派手である。学生に見えないのは良いことだが、隠れている身分でこれはどうなのだろうか。

「可愛いよ。よく似合ってる」

「そういう話じゃなくて……」

「そういう話だよ」

アルベールは、有無を言わせずそう言って、レイラの手を握った。そして、嬉しそうに目を細める。

「それじゃあ、行こうか」

「ちょ、ちょっと——！」

アルベールは手を引いて歩き出す。そんな彼に引きずられるように、レイラも歩を進めるのだった。

街を歩いていると、酒場から元気の良い男性たちの笑い声が聞こえてくる。店の前に屋台を出しているところも多く、夜なのに大通りには活気が満ちていた。

レイラはそれを横目にアルベールの隣を歩く。そろそろお腹が鳴りそうなのだが、どの店に入れば良いのかわからなかった。なんせ隣を歩いているのは王子様だ。何が口に合うのかよくわからない。

（おしゃれなお店が良いんだろうけど、持ち合わせもそんなにないしなぁ）

お財布の中身のことを思うとちょっと切なくなってくる。貧乏学生をやっていると、こういうときにちょっと引け目を感じるし、困ってしまう。

そのときだった。焼けた肉の美味しそうな香りがレイラの鼻腔をくすぐった。塩も胡椒もきいている脂ののったお肉の香りだ。レイラは匂いのした方に顔を向ける。そこには、彼女の胴体よりも太いお肉がぐるぐると回りながら炙られていた。炙っているのは三本の棒のような魔道具。魔道具は定期的に火を噴き出して金属の棒が刺さったお肉を上手に焼いていく。それを店員がナイフで削いで薄いパンの間に挟み込んでいた。

「わぁ！　ケバブみたい！」ぐきゅるるるる……

見事なまでのお腹の音に、レイラは頬を染めながら腹部を押さえた。お腹の音がバッチリ聞こえていたのだろう、アルベールは肩を揺らしながら「ここにする？」と提案してくれた。

「ここ、美味しそうですけど。……買い食いになっちゃいますよ？」

王子様が買い食いなんてしてもいいのだろうかと、不安になりそう聞くと、アルベールはなんてことないという顔でレイラに微笑みかけた。

「大丈夫だよ。ほら、こんなときのための認識阻害の魔法だから！」

「……違いますよね？」

「違わないよ。レイラしか見てないのなら、何も気にすることないじゃないか。今の僕は王子様でも何でもないよ」

そう言ってアルベールはレイラを置いて屋台へと歩いて行く。

レイラも慌ててそれについていった。

屋台には先ほどのお肉とは別の軽食も置いてあった。香辛料の香りが漂ってくる三角形の揚げ物。チーズが練り込まれているこぶし大のパン。紙で出来た四角い箱に入っているのはサラダで、その隣には細長いパイが三種類ほど並んでいる。単純にソーセージを焼いたものや燻製にしてあるチーズも置いてあった。

「どれにしよっか？」

「どれも美味しそうで迷っちゃいますね」

正直、どれも食べてみたいが、お腹の容量にもお金にも限界がある。ここは慎重に選ばなくてはならない。レイラが厳しい表情で商品を吟味していると、隣にいるアルベールが声をかけてきた。

「レイラが嫌じゃなかったら、いろいろ買って一緒に食べる？」

「え⁉　良いんですか？」

思わず声が跳ねる。するとアルベールの笑みは更に濃くなった。

「うん、もちろん。僕もいろいろな種類を食べてみたいからね」

それから二人は屋台にあった商品をいくつか買った。隣の店でスープも購入し、そのまま噴水のところにあったベンチに腰掛ける。四人ほどが座れるベンチだったので、二人は端に座り、その間に買ってきた商品を置いた。

「わ！　なんか豪華ですね！」

「ほんとだね」

結局お金はアルベールが出してくれた。というか、気がついたらもうお会計が済んでいた。レイラは自分も出すと言ったのだが聞き入れてもらえず、だけど奢ってもらうのはやっぱりどうも気が引けて、レイラは仕方なくその隣の店で二人分のスープを買ったのである。

「というか、本当に良かったんですか？　お金……」

「レイラってば意外としつこいね？」

「いやだって、あそこ、観光客向け価格で結構高かったし……」

「あぁ。あれ高いの？」

「高いですよ！　うちの地元で同じようなの売ってますけど、半額以下ですよ！　半額以下！」

レイラの勢いに、アルベールは「そっか。食べ比べるなんてことないからなぁ」と軽い調子で笑う。

「でも、どちらにせよレイラは気にしなくてもいいよ。僕がそうしたかったってだけの話なんだから。それこそ、値段がいくらだろうが関係なかったわけだし」

「だとしても――」

「というか、一国の王族に割り勘を提案するなんて、レイラも結構礼儀知らずだよね？」

アルベールの言葉に、レイラははっとしたような表情で固まる。

そしてしばらくの後、ぷるぷると震えだした。

「こういうときだけ身分を使って！」

「あはは。こういうときしか使い道がないからね」

何を言っても自分の意見を曲げる気がないアルベールに、レイラは仕方がないといった調子でため息を吐く。そして軽く頭を下げた。

「それじゃ、ありがたくごちそうになります」

「レイラってば、律儀だね。……で、どれから食べる？　とりあえず、お肉のやつから食べてみよっか」

アルベールは最初に目をつけたケバブのような軽食を手に取ると、レイラに「はい」と差し出してくる。レイラは差し出された軽食とアルベールを交互に見て、少しだけ低い声を出した。

「あの、一人で食べられますよ？」

「知ってるよ？　はい、あーん」

「あーん？」

「あーん」

（これは話を聞いてくれないやつだ……）

レイラは諦めてアルベールが差し出してきた軽食に齧りつく。そして、しばらく咀嚼した後「んん！」と目を輝かせた。

「わ、美味しい！　これ、美味しいですよ？　中に入ってるお肉も美味しいですけど、一緒に入ってる野菜もシャキシャキで！　ソースもピリッとしてるし！」

「そう？　レイラが喜んでくれたのなら良かった」

そう言ってアルベールも同じものに齧りつく。『一緒に食べる？』と聞かれた時点である程度覚悟していたが、自分が食べたものを相手も食べるという感覚がなんだかとっても恥ずかしい。『間接キスだ！』と声を上げる年齢ではないけれど、それでもそういう単語が浮かんでしまうぐらいには彼を意識した。

レイラはそんな自分の感情を隠すように「どうですか？」と首を傾げる。

すると、アルベールはどこか意外そうな声を出した。

「ホントだ。美味しいね……」

「ですよね⁉」

美味しい、が共有できた喜びでレイラは声を大きくした。アルベールはもう一口頬張ると、「やっぱり美味しい……」と不思議そうな声を出す。そこでレイラも彼の異変に気づいた。

「どうかしたんですか？」

「前にこの店で同じものを食べたことがあるんだ。でも、正直そのときは全然美味しいと思えなくて。一口齧っただけで他の人にあげちゃったんだよね」

「そうなんですね。その頃と味付けを変えたんですかね？」

「そう、なのかな」

アルベールはそう呟きながら、こちらに軽食を差し出してくる。レイラは髪を耳にかけながらまたそれに齧り付いた。その光景を見ながら、彼はふっと表情を緩める。

「もしかしたら、レイラと食べる食事は何でも美味しいのかもしれないね」

穏やかに微笑むアルベールの表情にレイラは一瞬だけ頬を染めると、口の中に入っていたものを飲み込んだ。そして、「気のせいですよ」と小さく呟き、彼から視線を逸らすのだった。


「そういえば、僕も一つだけ聞いても良い？」

アルベールがそう聞いてきたのは、食事がある程度進み、もうそろそろ学園に帰ろうかというときだった。レイラは目を瞬かせながら「なんですか？」と首を捻《ひね》る。

「今日、僕のことを『アル』って呼んでくれたよね？　あれは、どうして？」

アルベールの問いにレイラは「へ？」という間抜けな声を出して固まった。そしてしばらくの逡巡の後、瞬間湯沸かし器のように、かぁぁあぁっ、と顔を熱くする。

「す、すみません！　実はあのとき、ちょっと混乱してて……」

「混乱？」

「気を失ってる間に夢を見たんです。幼い頃の記憶、だと思うんですけど。そこに、ちょうどたまたま『アル』って少年が出てきて……」

「そっか。……どんな夢だったの？」

「えっと、そうですね。――って、あれ？　どんな夢だったっけ？　確か、えっと。水遊び、してたのかな？　えっと」

レイラは必死に夢の内容を思い出そうとする。しかし、いくら思い出そうとしても頭の中に白い靄がかかっているような感じがして、少しも思い出せないのだ。ただ一言だけ、『アル。また、遊ぼうね』という約束をしたことだけ、鮮明に覚えている。

「あれ、おかしいな……」

なんでこんなに思い出せないのだろう。思い出せないのならどうして最後の約束だけはこんなに鮮明に覚えているのだろう。そのちぐはぐな感じにレイラは口元を押さえ、地面をじっと見つめた。こんなの、まるで何かで無理矢理忘れさせられているみたいじゃないか。

「忘れてるってことは、きっとそこまで大切な記憶じゃないんだよ」

アルベールの言葉にレイラは「え？」と顔を上げた。目が合った彼は、どこまでも優しい表情を浮かべている。その顔が、どこか少し安堵しているような表情に見えるのは、気のせいだろうか。

「ごめんね、無理を言って。ちょっと気になっただけなんだ。それよりも――」

「あの！　確かに今は思い出せないんですけど！」

レイラは思わず立ち上がった。けれど、どうしてその衝動が走ったのかはわからない。ただなんとなく、それをこのまま肯定してはいけないと思ったのだ。

　レイラは突然生まれた衝動に突き動かされるまま、次の言葉を口にする。

「大切な記憶だったと思います！　すごく、大切な！」

「……」

「なんだか、とても良い夢だった気がするんですよ。楽しかった、って言えばいいんですかね？　とにかく嫌な気は全然しなくて！　いや、全然じゃないか。なんかもやっとするところもあったような気がするんですが、こう区別的には『素敵な思い出』みたいなカテゴリーで！」

　必死に言葉を重ねるレイラをアルベールはじっと見つめていた。その視線に気がついたレイラは「どうかしたんですか？」と彼を覗き込んだ。

「ううん。特に何も。ただ……」

「ただ？」

「君の記憶に良い思い出として残ってるなら、その子はすごく嬉しいだろうなって思ったんだよ。すごくすごく嬉しくて、きっと泣いてしまうぐらい嬉しいだろうなって」

「……大げさですよ」

「大げさじゃないよ」

　アルベールは視線を地面に落として口元だけの笑みを浮かべる。その表情がなぜだか本当に泣きそうな表情に見えて、レイラは目を大きく見開いた。しかし、いつまで経っても彼の表情が崩れることはなくて、彼の泣きそうだと思っていた表情が自分の勘違いだということがわかり、レイラは恥ずかしさに頬を染めた。

そのとき、レイラの脳裏にふっと数時間前の記憶が蘇ってきた。

「あ、そういえば！　まだ謝ってなかった！」

「謝る？」

「今回は、ごめん、ごめんなさい！」

深々と頭を下げたレイラに、不思議そうな声を出す。

「ごめん。ちょっと何に謝ってもらっているか、わからないんだけど……」

「ピエールたちのことです」

「あぁ。やっぱり、あれじゃ甘かったって？　今からでも――」

「ち、違います！　あれはあの処理で良かったと思います！」

出来ればもう少し優しくしてあげても良かったと思うのだが、というかむしろ別に罰は求めてなかったのだが、レイラが起きたときにはもう現場は地獄絵図だったのだ。あそこからのもっていき方として、あれがベストな処理だった。

「そうじゃなくて！　私のことを階段から突き落とそうとしたのは彼らだったのに、アルベール様を一方的に責めてしまって……」

「別にいいよ。彼が階段から落ちるのを助けなかったのは、レイラに何かするのを見たからだったけれど。助けに向かわせなかったのは、レイラが僕以外の男に触れるのが嫌だったからだし。……でもそうだね。もし謝ってくれるって言うのなら、一つだけ願い事を聞いてくれない？　それでチャラにしてあげるからさ」

「願い事？」

「うん。願い事」

この世のものとは思えないほどの美しい相貌《そうぼう》が覗き込んでくる。もうそれだけで、なんでも願い事を叶えてあげたい気分になってしまうが、それはダメだと思いとどまった。ここは慎重に行かなくてはならない。なんせ相手はあのアルベールだ。何を願われるかわかったものじゃない。……だとしても絶対に嫌だと突っぱねることも出来ない状況なのだが。

「えっと。できるだけ善処はしてみますので、先に願い事というのを聞いてもいいですか？」

「大丈夫。変なことは言わないよ？」

「念のためです」

アルベールは「えー」と不満そうな声を上げたが、このやりとりも予想済みだったようで、彼はすぐに口を開く。

「レイラ。僕のことを『アル』って呼んで」

「へ？」

「さっき君にそう呼ばれて、すごく嬉しかったんだよね。あと、敬語も嫌だな。様なんかつけたらダメだからね？」

「あ、あれは、勢いで言ってしまっただけで……」

「それに、実は羨ましかったんだ。君の友人のダミアンって子が。僕もレイラからあんな風に親密に呼んでもらいたいな」

甘えるような声が耳に毒だ。しかも願い事もいい塩梅《あんばい》をついている。突っぱねるには弱いし、許容するにはちょっと勇気がいる願い事だ。

悩むレイラにアルベールは更に身を乗り出してきた。

「それに、よく考えてみて。ダミアンはレイラの友人なんだよね？」

「そうですね」

「僕は、レイラの恋人だよね？」

「………そうですね」

「恋人より親密な友人っていらないと思わない？」

（ダミアンの命が危ない！）

これは本気の声色だ。彼がダミアンの存在を面白く思っていないのは薄々感じていたけれど、このトーンの声色をだしてくるほど面白く思っていないとは思わなかった。

「というか、そんなことで許してくれるんですか？」

「許すよ。というか、そもそも怒ってないんだけどね」

アルベールは早く早くと目で急かしてくる。レイラはじんわりと頬を染めた。

「えっと……」「うん？」「あのね。あ、あ……」

数時間前は何度もそう呼んだのに、いざ改めて呼ぶとなると緊張してしまう。

レイラは腹に力を込めて、声を絞り出した。

「アル？」

瞬間、花が綻ぶようにアルベールは微笑んだ。

「ありがとう」

性懲りもなく、その顔にちょっとキュンとしてしまった。


二人は食事を終え、学園に向かって歩き出す。認識阻害の魔法はちゃんと効いていて、だけど前から歩いてくる人が自分たちにぶつかることもなかった。話も聞こえてないみたいで、レイラがどれだけ声を上げようと周りの人は誰も振り返りもしない。

アルベールは認識阻害の魔法を便利な魔法だといっていたが、確かにこれは常用したくなる。

「ところで、一つ質問があるんだけど、いいですか？」

「……いいけど、ちゃんと敬語は直して質問してね」

「わ、わかりまし……わかった！」

気を抜いたら敬語になってしまう口調を無理やり直しながら頷く。

「えっと。どうしてアルは私のところに駆けつけることが出来たの？」

そう聞くと、アルベールは「ん？」と首を傾げた。

「私がピエールたちに襲われてたときのこと。あそこ、奥まっていてどこからも見えないし、私、助けだって呼べなかったのに……」

レイラの言葉に、アルベールは少し斜め上を向きながら「あー……、それは、たまたまかな？」と適当に返してくる。レイラがいぶかしみながら「たまたま？」と声を低くさせると、彼は「そう。

たまたま通りかかって」と妙ににこやかな笑顔を浮かべた。

（あんなところ、たまたま通りかかる人なんているの？）

日中ならいざ知らず、放課後だ。周りに何もない場所なので生徒も寄りつかないし、普通にしていたら絶対に誰も立ち寄らないだろう。だからこそ、ピエールたちもあそこをたまり場にしていたのだろうし。それに、先ほどの彼の態度だって、あからさまに『何かを隠しています』という感じだった。

「アル。私、嘘つく人嫌いよ？」

「……」

「アル？」

「怒らない？」

「理由による」

「……」

「じゃあ、できるだけ怒らないようにする」

そこでようやくアルベールは何かを諦めたように息をつく。そして、レイラから視線を外した。

「実は、君に万が一のことがあってはいけないから、追跡魔法で常に監視をしていたんだ」

「え？　つい、せき……？」

「盗聴魔法も仕込んでいて。あぁ、でも、君に拒否されてからは聞いてないんだけど」

「とうちょう？」

背筋がぞわっとした。一体いつのタイミングでどのように魔法をかけられたのだろう。全くわからない。一瞬、前世のことなども聞かれたのかと焦ったが、それならもうちょっと突っ込んで話を聞いてくるはずだと思い、ほっと一息をつく。

（いや、だとしても、盗聴って！）

レイラは困惑したままの声を出した。

「ちょっと待って、盗聴って、どこまで⁉」

「レイラの寝言って可愛いよね？　この前なんか、大きなりんごを食べる夢見てたでしょ？　可愛いなって思って、録音しちゃった」

瞬間、レイラの顔が真っ赤に染まった。

「アル！」

「あはは、ごめんね？」

まったく反省していない様子のアルベールに、レイラは今度は怒りで顔を赤くした。

二人が学園に着いたのは、寮の門限ギリギリの午後十時手前だった。

「ったくもぉ、アルってば……」

部屋に戻ったレイラは窓の外を見ながらため息を吐く。

最初は抵抗があった『アル』という呼び名だが、思ったよりも口になじんでしまうのが早く、学園に着く頃にはもうほとんど違和感がなくなってしまっていた。まるで昔からそう呼んでいたよう

に……とは言いすぎかもしれないが、今日呼び方を変えたとは思えないほどスムーズに自分の中に浸透していった。

レイラは怒濤の一日を振り返りながら、星が輝く紺色の空を見上げる。怖かったり、恐ろしかったり、美味しかったり、楽しかったり、怒ったりしてしまった一日だったが、何故か不思議と満足感が胸を満たしていた。

「そういえば、『アル』って誰だったんだろ……」

レイラの言う『アル』はアルベールのことではなく、夢で見た少年の方だ。

正直なところ、まったく容姿も思い出せないし、もしかしたら少女だったのかもしれないとは思っているのだが、自身の勘が『少年だ』というので、おそらくきっと少年なのだと思う。

彼との思い出は何一つ思い出せない。本当にまるっとその部分だけ消え失せていて、どれだけ記憶を掘っても『アル』のかけらさえも見当たらないのだ。

「アルだから、アルベールの小さい頃とか？　……まさかねぇ」

それはレイラが『アル』という名を思い出してからずっとしていた問答だったけれど、アルベールは隣国の人間な上、王族なのだ。幼い頃のレイラが会うなんてこと、普通に考えたらあり得ない。それに、アルベールに比べて『アル』はすごく素直な子供だったと思うのだ。素直で純粋で優しい少年。きっと笑った顔も可愛かったのではと思う。

……まぁ、何も思い出せないので、どうやっても勘なのだが。

「いつかまた、会えるといいなぁ」

レイラのその声は、開け放った窓から広がって、誰にも届くことなくかき消えた。

第二章　変人ホイホイ

ピエールたちの一件から少し経って、ようやく物語が動きだした。
「ウィンズベリー・スクールから転入してきました、ミア・ドゥ・リシャールです！」
そう、ヒロインが学園に転入してきたのだ。つまり、ゲームの本編が始まったのである。
世にも珍しい光属性の適性を持って生まれた彼女は、転入してすぐ、学生たちの注目の的になった。彼女のいる場所には常に人が溢れており、攻略対象たちも代わる代わるやってきていた。
【ハロニア王国の第三王子】ロマン・レ・ロッシェ　風属性
【心優しき賢者】シモン・エル・ダルク　水属性
【軽薄な秘密主義者】リュック・ド・アレル　地属性
(なんか、ダミアンは興味がないみたいだけど……)
レイラは、いつもと変わらない様子で次の授業の準備をするダミアンをチラ見する。その視線に気がついたのかダミアンは「なんだよ？」と訝しげな顔をしたが、レイラが「何でもない」というと、すぐに視線を前に戻した。
ゲームの中でもダミアンはミアとケンカップルのような立ち位置に収まるので、もしかすると最初は興味がないぐらいの方がゲームのストーリー的には正常なのかもしれない。

（とにかく、ミアには近寄らないのが吉よね）

レイラは人に囲まれているミアを見ながら、そう決意をする。

決意を、したのだが……

「レイラさん！　お友達になってください」

「レイラさん。移動教室はじめてなんですが一緒に行ってもいいですか？」

「レイラさん、ここの問題はどうやって解くんですか？」

「レイラさん」「レイラさん」「レイラさん」

（マジで、どこに行っても話しかけてくる！）

ミアが転入してきて三日後、昼休みに入った薬草学の教室で、レイラは辟易《へきえき》とした顔でため息を吐いた。どうやらミアは転入してすぐに生徒の誰かからアルベールとレイラの話を聞いたようで、『アルベールに見初められるなんて、レイラさんはすごい人！』となったようなのだ。

アルベールのことで手いっぱいでゲームのシナリオなんかに構っていられないレイラは、当然のごとく話しかけてくるミアから逃げていたのだが……

『レイラさん、ちょっと待ってくださ——って、きゃぁ！』

『置いて行かないでくださぁい！　って、——ぶ！』

『助けてください‼　レイラさん、レイラさーん！』

乙女ゲームのヒロイン特有の（攻略対象の前だけで見せる）おっちょこちょいがなぜか発動し、

転《こ》けたり、柱にぶつかったり、校舎の窓から落ちそうになったり。それを目の前でやるものだから、レイラもたまらず毎回助けに入り、余計に懐かれてしまうという構図が完成してしまっていた。

それに、きっとミアもミアでちょっとムキになってしまっていたのだろう。レイラを必死に追いかけてくる彼女からは、そんな雰囲気も漂っていた。

「お前、もしかして変人ホイホイなんじゃねぇ？」

レイラが何故ため息を吐いているのかわかっているのだろう。隣に座るダミアンがそう声をかけてきた。

「アルベールといい、ミアといい。お前きっと、変な奴らに好かれるオーラが出てんだよ」

「そんなの出てるわけないでしょ？　そうなってくるとダミアンだって変人だからね？」

「俺はお前に執着してねぇだろうが。……というかやめろよ、そういうこと言うの」

「なんで？」

レイラは意味がわからないというようなきょとんとした顔になる。

「アルベールに聞かれて、変な誤解されたらどうするんだ。万が一にでも、俺がお前に気があるなんて勘違いされたら、マジで俺の命が危ねぇんだからな？」

「大丈夫。もう盗聴はさせてないから！」

「は？　盗聴？　なんだそれ」

「……ううん。こっちの話」

レイラは思わず視線を逸らした。

あれからレイラは、アルベールに盗聴魔法を禁止した。追跡魔法は前回ピエールたちに襲われたときに役立ったらしく、そのままにして欲しいと言われたのでそのままだが、もう勝手に変な魔法をかけないことも約束させた。

『今度勝手に変な魔法をかけたら、大っ嫌いになっちゃうから！』

その効果はすさまじく。あれから少しはアルベールも反省してくれたようだった。

レイラの話のそらし方に、どんなことがあったのかある程度予想が出来たダミアンは「お前も本当に大変だな……」と一言同情し、話を変えた。

「それよりも、基礎魔法学の実技、またダメだったんだって？」

「あっ……」

「魔法学校で魔法が使えないってのはやっぱりマズいだろ？　しかもお前、奨励生だし。あんまり続くようなら学費免除も危ういんじゃないか？」

そう、レイラはセントチェスター・カレッジの奨励生なのだ。高い魔法適性があり、学費免除で学園に入ることが出来た。そうでなくては適性があったってこんな学費の高い魔法学校になんてレイラが通えるはずがない。何度も言うが、彼女の家は没落寸前なのだ。爵位があるだけで暮らしぶりは平民とさして変わらないのである。

ちなみにミアは同じ学費免除でも『光属性』を評価されての特待生だ。レイラとは基本的に待遇が違う。

「お前、適性値は高いのになんでか魔法はへなちょこだからなー。次の小テストまでになんとかしておかないとマジでやばいと思うぞ？」

「そう、なんだよねぇ」

「魔法の練習なら俺が付き合ってやるんだけど、俺たちの適性がある属性、相性が悪いからなぁ。……あれなら、アルベールにでも教えてもらえば？」

「え、アルに？」

「お前の頼みなら無下《むげ》には断らねえだろ？　それに、アイツの属性、闇だし」

闇と光の魔力は、全ての属性の根源と言われていて、光魔法は闇、闇魔法は光の属性以外の魔法はなんでもオールマイティに使いこなせることができるとされているのだ。

「でも、アルに比べて私の魔法へなちょこすぎるし。それはさすがに悪い――」

「かまわないよ」

その声が聞こえたのは背後からだった。レイラは「へ？」という間抜けな声を上げた後、後ろを振り返る。そこにはやはりアルベールがいた。

突然現れたアルベールにダミアンは呆れたような声を出す。

「お前、いつでもどこでもそうやって登場するのやめろよ。大体、学園内で転移魔法は禁止だろ？」

「誰にも見つからなければ、誰にも裁かれないよ？」

「まぁ、そりゃ、そうだけどな。ちなみに、隠匿魔法も禁止魔法だぞ」

「知ってるよ」

（アルベールは相変わらず塩対応だけど、この二人、なんだかちょっとずつ話せるようになってるんだよなぁ）

ダミアンが王族でもなんでも関係なく話すせいだろう。アルベールが歩み寄っているわけではないが、なんだかいい変化のような気がしてレイラはちょっとだけ嬉しくなった。

「お前さぁ、もうちょっとレイラ以外の人間とも話せよ」

「お前に『お前』と言われる筋合いはない」

ピリッとした雰囲気が一瞬だけ流れて、レイラは「まぁまぁ」と二人を宥めた。

そして話を元に戻す。

「アル、本当にいいの？　魔法、教わっちゃって」

「構わないよ。というか、僕たちは恋人同士なんだから、遠慮しないでなんでも頼ってくれていいんだからね？」

（あ、恋人……）

実感はないが、確かにそういう設定だった。というかレイラの中以外では、そういう話でまとまってしまっている。恋愛において、外堀を埋められる、というのが今までどういう状態かいまいちわからなかったが、今ではこういうことをいうのだろうと、だんだんとわかるようになってきた。

（アルを真人間にする計画もちょっとずつ進めないとね……）

結局、どうしてアルベールがレイラに執着するようになったかは聞けなかったが、あの様子では教えてくれる気もないようなので、そのことはもう諦めている。ただ、ヤンデレじゃなくする計画は今後のためにも進めておかないといけない。今は興味がなさそうだが、ミアも転入してきたし、このままアルベールがミアに靡《なび》くようなことがあったら彼女だって可哀想だ。

（アルベールが、ミアに靡く……か）

「……」

「どうしたの？　レイラ」

「ううん！　なんでもない」

一瞬よぎった寂しさに蓋をして、レイラは覗き込んできた彼にそう微笑んだ。


「まず、レイラの実力を見てみたいな。確か、属性は水だったよね？」

いつものように二人で昼食を終えた後、魔法の練習は始まった。人の少ない中庭の一角で、レイラはどこまでも真剣な表情で杖を、ぴん、とまっすぐに構えている。

「まずは基本中の基本、収束からやってみようか」

「うん」

魔法は基本『収束』と『放出』で成り立っている。大気中や大地に存在するマナを起こしたり、集めたりする作業のことを『収束』といい、集めたものを頭に描いた姿で解き放つことを『放出』という。

前にピエールが土の壁を作ったが、あれは単純に地のマナを『収束』し、壁の形に『放出』したというだけの魔法なのだ。ちなみに、レイラを閉じ込めた水の玉は、単純に『収束』で集めただけのものである。

　より複雑な魔法になると『放出』の段階でプログラムを走らせる。それが呪文だったり、魔法陣だったりするものである。難しい魔法ほど呪文や魔法陣は複雑になり、優秀な魔法使いほど呪文や魔法陣は単純化される傾向がある。無詠唱はその境地だ。

　逆に頭の中で処理できるプログラムまで魔法陣に書き込み、あとは魔力を流すだけで誰でもその魔法を使えるようにしたものが魔道具だ。魔石は魔力が詰まった電池のようなもので、魔力がない者でも魔法陣を起動することが出来るのである。

　ちなみに杖の役割だが、基本的には魔法の精度を上げるためのものである。アルベールのように指先で魔法を使うことも理論上は可能だし、先生の中にはそうやって使う人もいるが、普通はなかなか成功しない。成功したとしても単純な『収束』と『放出』を組み合わせた魔法がほとんどだ。

　それに、魔法の失敗は反動を伴う。放出したマナが術者に返ってくるのだ。杖を使っていると、それらを大体受け止めてくれる。つまり、杖は術者の安全装置の役割も果たすのだ。人によっては、杖にそもそも呪文を刻んでおいて、その杖で魔法を使うと必ずその効果が付与される、という使い方をしている者もいる。

　レイラは言われたとおりに杖を振って大気中の水のマナをかき集める。そして、こぶし大ほどの水の玉を作り上げた。

「えっと、これでいい？」

「いいね。魔力の放出に無駄がない。適性はあっているみたいだね。それじゃ、その水の玉を大きくできる？　自分が出来るところまで大きくしてみて」

レイラはもう一度杖を振る。すると大気中の水のマナが震えるのを肌で感じた。そのまま杖でマナをかき集める。すると、水の玉はさらに大きくなった。

（この、調子で……）

レイラがそう思ったときだった。突然、心拍数が跳ね上がった。背筋がブルリと震え、呼吸が荒くなる。杖を持つ手が震えていると意識した瞬間、レイラの頭の大きさほどに膨れ上がっていた水の玉は、まるで水風船が弾けるように崩壊してしまった。

レイラは杖を降ろし、全力疾走した後のような表情で膝に手をついた。

アルベールが気遣うような顔でレイラを覗き込む。

「レイラ、大丈夫？」

「ごめん。いつもこんな感じで失敗しちゃうんだ……」

「大丈夫だよ。基礎の魔法って逆にちょっと難しいよね？」

予期せぬ同意のされ方に、レイラは「え？」と顔を上げる。

「レイラは僕が濡れると思って遠慮してくれたのかもしれないけど、次からはもっと出力大きめで大丈夫だよ？」

「出力大きめって……？」

「そうだね。……このぐらいかな？」

アルベールが指先をくいっと持ちあげた瞬間、地面から大量の水が吹き上がった。太さはそこら辺の木が二十本以上集まってもたりないぐらい。打ち上がった水の高さは校舎を遙かに越えていた。

その大量の水が、雨になってその場にスコールのように降り注ぐ。

（うわぁ……）

アルベールがかけた魔法で二人の身体は濡れなかったが、レイラの気分は冷めていた。これは教えるのに適さない人の魔法である。

彼はさも当然と言わんばかりにレイラに笑みを見せた。

「それじゃ、レイラもやってみようか」

「えっと。……ちょっと遠慮しておくね」

レイラの断りに今度はアルベールの方が「え？」と呆けたような声を出した。


その日の放課後、レイラは中庭で一人、魔法の練習をしていた。アルベールは付き合うと言ってくれたのだが、彼はどうしてレイラがそんなところでつまずいているのか心底わからないらしく、よくわからないアドバイスばかりするのでお帰り願った。このままだとイライラしてしまい、魔法にも集中できないと判断したのだ。

（アルの天才め！）

それが罵倒になっているかわからなかったけれど、そう思わずにはいられなかった。

レイラは一人で何度も収束を繰り返す。マナを集めるだけの作業なので、同じ学年のみんなはもうエマニュエル先生から合格をもらえる基準をクリアしていた。合格の基準は自分の身体と同じぐらいに自分の属性のマナを収束させることである。

(何度やっても、身体の半分のマナも集まらないんだよなぁ)

レイラがそう心折れかけたとき、近くで誰かの話し声が聞こえた。それは中庭の端にある花壇からで、レイラは一度練習をやめて、声のした方に歩いてみる。校舎の陰からそっと覗くと、そこには魔法で花壇に水をやっている青年の姿があった。

(あれって？　シモン・エル・ダルク⁉)

攻略対象の一人だ。女の子に間違えそうなおっとりとした顔立ちに、大きな眼鏡。水色の髪の毛はショートカットで、少し癖が見える。レイラと同じ一年生でありながらその知識量はすさまじく、先生からも一目置かれるほどだった。しかしながら彼は、昔から身体が弱く、友人も出来にくかった。話をするのは育てている植物たちばかりで、学校でも孤立しがち。彼はそれをすごくコンプレックスに思っており、ゲームではそのコンプレックスをヒロインであるミアに癒され、だんだんと彼女のことを好きになっていく。

(確か、シモンの適性属性は水だったわよね)

偶然にもレイラと同じである。彼に教えてもらえれば、レイラだって多少の魔法力の向上は見込めるかもしれない。

(だけど……)

「攻略対象に話しかけるほど馬鹿じゃないわよね――ってえぇ⁉」

そう後ろを振り返った瞬間、顔の前にミアの顔があった。ヒロインらしいきらきらの大きなピンク色の瞳が目の前でぱちぱちと瞬きをする。レイラは慄《おのの》きながら一歩後ずさった。

「レイラさん、シモンくんに話しかけたいんですか？」

「へ？」

「私、ちょうどこの前知り合いになったんです！　声かけてあげますね」

「ちょっと！」

「シモンくん！　ちょっといい？」

「あー……」

レイラが止めるのも聞かず、ミアはシモンがいるところに走って行く。

そのまま二人を置いて帰るわけにも行かず、レイラはミアがシモンと話し終わるのを待った。

しばらくして、ミアに手を引かれたシモンが、レイラの元へやってくる。ミアに手を握られたからか、彼の頬はちょっと赤かった。そのままミアに促されるように、レイラは魔法が上手く使えないことをシモンに話すことになった。

「えっと。つまり、僕から魔法を教わりたいってことですか？」

「まぁ、そういうことではあるんだけど……」

「ね？　シモンくん。いいでしょ？」

気乗りしないシモンに、このまま関わってもいいのかと悩むレイラ。そんな二人とは対照的に、明るい声を出すミア。シモンはしばらく考えた後、じんわりと頬を染めた。

「まぁ、ミアからの頼みだからいいですけど……」

「やった！　ありがとう、シモンくん！」

瞬間、はじけるような声を出して、ミアがシモンに抱きつく。彼はそれを受けてますます頬を染めた。なんともわかりやすい青年である。好きな子にいいところを見せたいらしい。というか、シモンの好感度がもうそこまで上がっていることが一番のびっくりだ。確かにシモンは攻略が容易なキャラクターだったが、ミアが転校してきてまだ三日しか経っていないのだ。ちょっとちょろすぎるにもほどがあるだろう。

ミアはシモンに抱きついたまま、レイラに声を向けた。

「良かったですね、レイラさん！」

「あー、うん！　ありがとう、ミア」

ミアの強引さにはちょっとびっくりしてしまったが、素直に魔法を教えてくれる人が見つかってレイラは安堵した。

（ま、あんまり関わらないようにすれば大丈夫よね）

その考えが甘かったということにレイラが気づくのは、もうちょっと先の話である。

◆◇◆

翌日からシモンとの魔法の練習が始まった。練習時間は、放課後。シモンの体調も考えて頻度は週二回時間を取ってもらうことになった。練習に参加するのはシモンとレイラ。それと「私も教えて欲しいです！」と手を上げたミアである。

「それでは、どこから始めましょうか」

「基礎の基礎からお願いします」

「じゃあ、魔力の収束から始めましょうか。それを見てから今後の方針を決めます」

レイラはアルベールに教わったときと同じように杖を振ってマナを収束させる。最初の水の玉を作るまではやっぱりなんとかなった。問題は――

「次に、それをできるだけ大きくしてみてください」

レイラは杖を振って水の玉を大きくしていく。隣でミアも同じように水の玉を操っていた。ミアの適性属性は光なので闇属性の魔法以外、全ての属性の魔法が平等に使えるはずだ。きっと今はレイラとシモンに合わせて水魔法を扱っているのだろう。

レイラはマナをかき集めてどんどん水の玉を大きくしていく。しかし、やはりある一定の大きさにまで達したところで、脈拍と呼吸が速くなり、集中力を保つことが出来ずに破裂してしまった。

「レイラさん、大丈夫ですか⁉」

まさかこんなところで失敗するとは思わなかったのだろう。ミアは大きな声を出し、自分の収束をやめてしまう。シモンも少し驚いたような顔をしていた。

「ごめんなさい。何度やってもこんな感じで……」

「レイラさんって、確か奨励生ですよね？　それなら魔法の適性値は高いはずなのに」

困惑した顔で顎を撫でるシモンに、レイラは申し訳なさそうな顔で頭を下げた。

「やっぱり、出力が足りないんじゃない？」

その声が聞こえたのは、彼らの背後からだった。見れば近くのベンチにアルベールが腰掛けている。レイラは思わず声を上げた。

「アル⁉　どうしてここへ？」

「レイラがどこ探してもいないから、探しに来たんだ。何か変なことに巻き込まれてもいけないでしょ？」

明言はしないが、きっと追跡魔法でここまで来たのだろうとレイラは思う。しかも、ここに来るまでにきっと彼は転移魔法も使っている。なぜなら、数秒前まであのベンチに人が座っていなかったのは確認済みだからだ。

（アル、いつか怒られちゃいそう……）

禁止されている魔法の大盤振舞いだ。大盤振舞いしてもなお、教師たちがそれに気がつかないというところが彼のすごさを物語っているが。

アルベールは不満げな顔を隠すことなくレイラに近づき、彼女を見下ろした。

「レイラ、どうして僕以外の人間なんかに魔法を教わってるの？」

「えっと……」

「知ってるよね？　魔法なら、僕が誰よりも得意だよ。ここの教師含めてだって、負けない自信がある。教わるなら僕が最適だよ？　……あ、もしかして君は、彼のことがちょっといいと思っているのかな？　だから魔法を教えてもらってるの？　僕というものがありながら？　それはダメだね。

絶対にダメだ。レイラ、君のことは誰にも渡さないよ。君が望んでも絶対に。確かに彼は可愛らしい見た目をしているけれど、僕の方がいい男だし、君のことを考えてる。というか、君のことをこんなに考えている人間なんてそうそういないと思うよ。いやごめん。君のことを考えている人間は多いかもしれない。だってこんなに可愛いんだから。だけど大丈夫。そんな人間は全部僕がこの世から消してあげるからね。あぁ、でも君は気に病まなくても良いよ。全部僕がやりたくてやっていることだからね。君は迷わず……」

（なっがい！）

久しぶりに病んでいる。しっかり病んでいる。目の中に光が宿っていない。

しかも、なんだか妙な勘違いを起こしている気配がする。

レイラの頬を冷や汗が伝う。

（でも、大丈夫！　私だって、成長してるんだから！　こういうとき、なんとなくどうすればいいかわかってきた気がするのよね！）

レイラは未だつらつらと言葉を吐き続けるアルベールの手を握った。瞬間、彼の言葉の雨がピタリと止む。

「アル、話を聞いて。まず第一に、私はシモンくんのことが好きなわけじゃないわ。そして、シモンくんも――」

「シモンくん？　もしかして、もう下の名前とくん付けで呼んでるの？　それはちょっと距離が縮まりすぎじゃないかな？　僕だってこの前、ようやく愛称で呼んでもらえるようになったのに、それってなんだかちょっとずるくない？　僕は恋人で、彼はただの知り合いでしょう？　ちなみに、君に男の友だちが出来るのなんて耐えられないから、そのつもりでね？　ダミアンを許してるのは僕と知り合う前に友人だったからだよ？　新規で異性の友だちを作るのは絶対にダメ。あぁ、でも君の恋愛対象が女性にまで及んでるのなら、同性の友人も作っちゃダメだからね。わかった？　あぁ、やっぱり君に自由があるのが良くないのかな？　他の人間を見ることが出来る状況なのがダメなんだよね？　それならやっぱり、君の自由をうば……」

（私の成長速度を上回る速さで、病んでる……）

レイラがそう難しい顔をしたときだった。

「アルベール様、こんにちは！」

そうミアがアルベールに話しかけた。その声にアルベールは口を噤《つぐ》むと、駆け寄ってきた彼女を見下ろす。ミアは弾けるような笑みを浮かべながら、まるで鈴を転がすような声を響かせた。

「はじめまして！　私レイラさんの親友をやってる、ミア・ドゥ・リシャールと申します」

いつから親友になった⁉　と一瞬思ったが、ミアの浮かべている笑顔に全て吹き飛ばされてしまった。可愛い。最高に可愛い。さすがゲームのヒロインといった感じだ。というか、元々の素材がいいのに、そこにかわいらしい声と笑顔がプラスされているのだ。これで落ちない男はなかなかいないだろう。

横目でアルベールをちらりと見ると、彼はミアを見下ろしながら何かを考えてるようだった。その少し悩んだような表情に胸が少しだけざわついた。

（もしかして、このままミアに靡いちゃうのかな……）

ゲームのヒロインが現れたのだ。そうなるのが自然の摂理だし、アルベールからしたらそちらの方がいいのかもしれない。だけど、『レイラ』と甘く囁いていた声で『ミア』とアルベールが彼女のことを呼ぶのだと思ったら、なんだか胸のあたりがぎゅっと締め付けられる。

そんなレイラを尻目に、ミアはアルベールにもう一歩身を寄せた。

「実は私、光属性の適性を持っていて、同じように希少な属性を持っているアルベール様と是非お近づきになりたいなぁって思ってたんです！　ほら私、まだ魔法が全然使えないので、もし良かったら、いろいろと教えてもらいたくて！」

「……」

「あ、あの。アルベール様？」

ミアを見ていたアルベールの目が、彼女から逸らされる。話は聞こえているはずなのに、何も返さないということは——

（もしかしてこれって、無視⁉）

ダミアンへの対応がよほどマシだと思うほどの完全無視である。しかも、「レイラ、さっきの話の続きだけどね……」と、アルベールはナチュラルにレイラとの会話を再開しようとしてきたのだ。

これにはさすがのミアも傷つくだろうと、レイラは心配したのだが——

「今はお話しする気がないってことですかね！　それならまた改めてお話ししますね！　レイラさん、今度どうやってアルベール様と仲良くなったか教えてくださいね！」

（メンタル強いなぁ……）

完全無視をされてもなお、まったく傷ついていない様子のミアに、レイラは感心するとともにちょっと安心もしてしまう。

（アル、今のところミアに興味ないんだ……）

その安心がどこからくるものなのか、どうして安心するのか、それはわからなかったけれど、これ以上追及するのは良くない気がして、レイラは慌てて思考を止めた。

そのときだった。

「あ、あの……」

シモンが申し訳なさそうな顔で、そう話しかけてくる。完全に蚊帳の外になっていた彼に、レイラは慌てて頭を下げた。

「ごめんなさい！　教えてもらっているのに、邪魔してしまって！」

「それは、大丈夫ですよ」

シモンはそう言いながら、チラチラとアルベールを見る。彼の顔には『このまま話を続けていいのだろうか……』という不安が張り付いていた。どうやら、レイラと話すとアルベールの反感を買ってしまうのではないかと不安になっているようだった。レイラはそのことに気がつきアルベールに目配せをする。すると、アルベールは『レイラがそう言うなら』というような感じで一度だけ肩をすくめて、その後近くの木によりかかった。

そこまでしてようやく、シモンは「えっと、さっきの話ですが……」とレイラに向き直った。

「さっきの話って、私の魔法の話ですよね？」

「アルベール様は、出力がどうのって言ってましたよ？」

話に割って入ったのはミアだ。シモンはその質問にも丁寧に答える。

「アルベールさんが言ってたのは、出力が低すぎて逆にコントロールが難しくなっているんじゃないかって話ですよね？　もちろんそういう考え方もあるんですが、それは一般的に魔力の数値が高い人の話なんです。魔力の数値が高い人は魔力の出力にも神経を配らないといけないので、そういうことが稀に起こるんですよ。ただ普通の人は、アルベールさんほどの魔力値はありませんから……」

「つまり、私が上手く魔法を扱えないのは、単に苦手だからってこと……？」

レイラの上に雷が落ちる。薄々感づいていたことだが、やはり直接言われるとショックが大きい。

「んー。それに関しても少し考えてみたんですが。……もしかして、レイラさん。水に溺れたことがありますか？　それか、水関連で怖い思いをしたことは？」

その思いも寄らぬ問いに、レイラは「え？」と目を瞬かせた。

「前に本で読んだんですが、たまにあるそうなんですよ。水におぼれたことのある人が、そのトラウマで水魔法を操れなくなるってことが。レイラさんの適性が水魔法だというのは間違いがありません。魔力の流れ方からいっても適性としてはかなり高いと思います。ただそれだけの適性があって出力がこのぐらいしか出ないとなると、原因は心の方にあると思います」

「こころ……」

瞬間、視界の端にいたアルベールが目を見開き、息を呑む。しかし、そんな彼の変化に気がついたのはレイラだけで、シモンは淡々と話を続けた。

「こういう場合、原因となっているトラウマを克服することで、魔法を扱えるようになるそうです。もし、原因となっているトラウマがわからない場合は、できるだけ練習回数をこなして、水に対する恐怖心をなくしてくしかないですね」

◆
◇
◆

翌日からは、昼休憩も魔法の練習をすることになった。

（やっぱり、風の魔法は水の魔法より上手くいくんだ）

レイラの目の前にあるのは、風のマナを収束したものだった。身体の半分以上もある大きな空気の固まりが、彼女の前でぐるぐると渦巻いている。

魔法の属性は、闇と光以外に水、火、風、地、という四属性が存在する。光と闇以外の四つは、三つ巴ならぬ四つ巴といった感じで、ぐるりと一周円を描くように相克関係が決まっているのだが、それと同時に自分が使いやすい属性というのも存在するのだ。レイラの属性は水なので、次に使いやすい魔法の属性は対角上にある風の属性である。風の属性を持つ者も水の属性が自分の属性の次に使いやすく、反対に地の属性を持つ者は火属性が、火属性を持つ者は地属性が次に使いやすい属性となっている。

『もし、水魔法をうまく使えない原因がトラウマにあるのなら、風魔法はそこまで抵抗なく使えると思います』

そんなシモンの提案により、レイラは風魔法にチャレンジしてみたのだが、結果はやっぱりというかなんというか、調子よく魔法が使えたのである。

（つまり、私の中に、水に対するトラウマがあるってことだよね……）

しかし、まったく思い当たる節がない。溺れた記憶も、水のせいで怖い思いをした記憶もない。ピエールたちに水の檻に閉じ込められたときはさすがに怖かったが、あのときにはもうすでに水の魔法が苦手だとわかっていた。

（それにあのとき、私、不自然に動けなかったんだよね）

つまりあの出来事よりも前にレイラは水に対するトラウマを負っていたということだ。

そう考えたとき、頭の中で一番に思い浮かぶのは削り取られた記憶だ。アルベールではない『アル』との記憶。もしかして、あの行方不明の記憶にレイラのトラウマが隠れているのだろうか……。

（そうだとして、思い出せないのは仕方がないよね）

次の小テストで合格をもらうためには、自分の属性で自分の身体以上の収束を先生に見せなくてはならない。トラウマの克服が一番の近道とはいえ、思い出せないのならば地道に練習を積み重ねていくしかないだろう。

「レイラ」

側で見ていたアルベールがそう話しかけてきて、レイラは「なに？」と振り返る。

「僕がエマニュエル先生を脅して単位を取ってきてあげようか？」

「はい？」

「だってそのまんまじゃ、レイラ、退学になるかもしれないんでしょう？」

また斜め上のことを言いだしたアルベールに、レイラは目を眇める。

レイラはこの際だからと、自分が奨励生であることと、奨励生を外されたら学費がたりないことと。そして、学費がたりなくなったら学園を出て行かなくてはならないことを、アルベールに説明していた。爵位を持っているレイラの家がそこまで困窮しているとは思っていなかったのだろう、その話にアルベールはこれでもかというくらい驚いていた。

「もし、奨励生を剥奪《はくだつ》されたら、やっぱり僕がお金出すよ」

「だーかーらー！　それはもう話し合ったでしょ？　いくらかかると思ってるの？」

「僕は、レイラのためならお金ぐらい、いくらかかっても構わないと思っているよ？」

「というか、そもそもの話。自分の属性の収束も出来ない人間が、この魔法学園を卒業なんかできるわけないでしょ？」

「でも僕は、レイラがいない学園生活なんて考えられない」

口をへの字に曲げて、彼はそう甘えた声を出してくる。いや、実際は落ち込んだような声なのだが、彼がこういう声を出すとレイラは途端に放っておけなくなるのだ。しかし、放っておけないからといって、さすがにお金を出してもらったり、先生を脅したりはできない。

「アル、私ね。できるだけがんばってみようと思ってるの。私の中にトラウマがあるなら、そんなものに負けなければいいだけの話だし！」

「でも、トラウマに思い当たる記憶がないんでしょ？」

「それは、そうだけど。でもそれは、今がそうだってだけで、そのうちひょっこりと思い出すかもしれないじゃない！」

「思い出せないよ」

迷いのない断言に、レイラは思わず口を噤んだ。その様子を見て、アルベールは少し慌てたように言葉を重ねた。

「……少しも思い出せてないなら、思い出せない前提で動いた方がいいって言ってるんだ」

アルベールと少しも目が合わない。

レイラは彼の側に行くと、立ったまま彼の顔を覗き込んだ。

「ねぇアル。もしかして落ち込んでる？」

「え？」

「何に落ち込んでいるのかはわからないけれど。もしかしたらトラウマの件を心配してくれているのかもしれないけど。私は今幸せだから、大丈夫だよ？　……それに、原因がトラウマにあるってわかって、少し心が軽くなったの。魔法を使うセンスがないって言われたら絶望的だったけど、そうじゃないんだし！　こういうのは、乗り越えればいいんだよ！」

レイラは杖を取り出すと左右にゆっくりと振った。すると水のマナが彼女の杖が指し示す先に集まり出す。その大きさは彼女の頭から胸元までに達していた。

「それにほら見て！　前に比べたら少しだけ大きくなってると思わない？　この調子だったら、練習をがんばれば間に合うかもしれないし！」

元気な声でそう言ってようやく、アルベールの表情がすこし戻る。だけど完全に笑顔というわけじゃなくて、どこか憂いも混じったような複雑な表情をしていた。

「レイラはさ、魔法が使えるようになって、何がしたいの？」

「なにがって……」

「就職とか、研究とか、王宮に勤めたいとか、偉くなりたいとか。いろいろあるでしょ？」

アルベールから将来の話を振られたのは初めてでレイラは少し戸惑ったが、隠すことでもないので、正直に話す。

「なにがしたいっていうのは、正直あまりないんだけどさ。私、家が貧乏だから助けになるような仕事がしたいなって思ってるよ。このままいくと弟が家を継ぐ頃には、爵位だって剥奪されちゃうだろうし。とにかく魔法を会得《えとく》して、お金を稼げたらなって！」

「お金だったら……」

「アルに出してもらうってことはないからね？」

被せるようにレイラがそう言うと、アルベールは「なんでレイラは、僕に何かされるのが嫌なの？」と不満げな声を出した。

「だって、一方的に何かをしてもらう関係って、対等じゃないでしょ？」

「え。たいとう？」

「うん、対等」

「レイラは僕と対等になりたいの？」

「……そ、そうね」

王子様と対等だなんてそんなこと本当なら言ってはダメなのかもしれない。でも、それがそのときのレイラの気持ちだったのだから、これぱっかりはしょうがない。

レイラの言葉に、アルベールはしばらく呆けた後、肩を揺らして笑いはじめる。やっぱり変なことを言ってしまったかもしれないと密《ひそ》かに反省していると、アルベールは膝の上に肘をつき、今度こそ何の憂いも持たない柔らかい表情をこちらに向けた。

「レイラのそういうところ、すごく好きだよ」

「……もしかして、バカにしてる？」

「ううん。感動してる」

「や、やっぱりバカにしてるんじゃない！」

「してないよ」

そんな、傍から見れば痴話喧嘩のようなものをしていると、レイラの視界の端に二人の女生徒が映った。彼女達はお互いに小突きながらアルベールの方を見つめていた。その顔には不安が張り付いている。

「ねぇ、アル。あそこの人、知り合い？」

「ん？　あぁ、クラスメイトかな。多分」

「なんかアルに話しかけたそうにしてるよ？」

「そうだね」

「そうだねって……」

自分から話しかける様子が全くないアルベールと、話しかけたくても勇気が出ない女生徒に、レイラは嫌な予感がした。

「アル。クラスメイトの人と仲良くしてる？」

「問題は起こしてないよ？」

「話しかけたりはしてる？」

「向こうから話しかけてくることはたまにあるよ？」

「そのときはどうしてるの？」

「必要そうな話には返事をするよ。ちゃんとね」

つまり、どうでも良さそうな話題は完全無視ということだろう。レイラの脳裏に、以前したダミアンとの会話が蘇ってくる。

『それよりも俺は、アルベールのお前以外に興味がない態度を何とかしてほしいね』

『……そんなにひどいの？』

『ま、お前にはわかんないかもしんないけどさ。なんていうか、もはや人形なんだよなー。決められた言葉しか返ってこないおもちゃって感じ？　俺も何度か話しかけたことあるけどさ、ありゃひどいぞ』

（アルベールがミアを無視してくれたとき、ちょっと安心しちゃってたけど。あれがアルの平常運転なら、普通に考えてマズいのでは⁉）

レイラはない頭を必死に回す。

レイラ以外の人間と普通に会話をしない。

←　シャカ

アルベールの世界が狭くなる。（レイラだけになる）＆人から嫌われる。

←　シャカ

余計にレイラにしか執着しなくなる。

チーン

よーし、まずい。このままだとまずい。それだけは、はっきりとわかる。

第一人に嫌われていいことなんて何一つないのだ。なまじ一人で何でも出来るアルベールだから骨身に染みていないのだろうが、彼の将来のためにもこの癖は直しておいた方がいい。

（よく考えたら、これもアルのヤンデレを治す第一歩よね！）

レイラは実家で飼っていた犬のことを思い出す。血統書付きの立派な犬などではなく、捨てられていた雑種の犬だったが、レイラは彼のことが大好きで、お世話は全部彼女がやっていた。もちろん、躾も、だ。

（アルを躾けると思えば良いのよね！　大丈夫、私そういうの得意だったわ！）

そんなことを思っていると、勇気を出した女生徒の一人がアルベールに話しかけてきた。

「あ、あの、アルベール様」

「……」

無視である。全力の無視だ。もしかすると彼女の姿はアルベールに見えていないのかもしれない。

それぐらいの態度だった。レイラは思わずアルベールに呼びかけた。

「アル、呼ばれてるよ」

「大丈夫だよ。ちゃんと聞こえてる」

「それならどうして返事しないの？」

「僕はレイラの声にしか反応しないように出来ているんだ」

（なんだその謎仕様）

会話に置き去られた女生徒に、レイラは「すみません。ちょっと向こうで待っていてもらえますか？　後で行かせますから」と、まるでアルベールの保護者のように頭を下げた。すると、助かったと言わんばかりに女生徒はその場から逃げていく。

レイラは改めてアルベールに向き合った。

「アル、人に呼ばれたらちゃんと返事しないとダメだよ？」

「なんで？」

「相手が困っちゃうし、何もしてないのに嫌われちゃうでしょ？」

「僕は別に、誰に嫌われてもいいよ。レイラだけがそばにいてくれれば、それで十分」

「そ、そうじゃなくて、私が嫌なの。アルがみんなに嫌われると、私が嫌！」

「レイラが？　どうして？」

どうして？　その返しは予測してなかった。レイラとしては、自分が嫌だから嫌なのであって、それ以上の理由もそれ以下の理由もない。だけどここで「とにかく私が嫌なの！」と返しても、アルベールは納得してくれないだろう。なんとなく、そんな気がする。

しばらく考えた後、レイラの頭上にひらめきが落ちてくる。しかしそのひらめきは、いつものレイラなら考えつかない方法で、だからこそ、口にしにくかった。

レイラは逡巡し、ようやく腹を決めて、口を開く。

「あのね、えっと。あ、アルと私は恋人同士なんでしょう？　恋人がみんなに嫌われているのは、その、嫌、じゃない……？」

自分から『恋人』という単語を使ってしまった事実に頬が熱くなる。しかし、その効果はてきめんで、彼は驚いたように目を見開いた後、嬉しそうに微笑んだ。

「そうだね。僕もレイラが人から嫌われるのは嫌だな」

「でしょ？」

「だからといって、好かれすぎても嫌だけどね。そんなことになったら、レイラを僕にしか見えないところに閉じ込めた上で、君のことを好きになった人間の目を一つずつ潰していかないといけなくなるからね」

（一瞬バッドエンドの影が見えた気がするなぁ……）

レイラは遠い目をする。

アルベールと一緒に行動しはじめてもうじき一ヶ月ほどになるが、なんだか常にバッドエンドとニアミスを繰り返しているような気がする。まるでそこら辺に転がっている石のように、バッドエンドが至る所に落ちているような感覚だ。

アルベールは顎を撫でて何やら考えた後、ベンチから立ち上がった。そしてレイラの目の前まで歩いてくる。

「わかった。レイラがそこまで言うなら、さっきの子に話しかけに行ってくる」

「ホント⁉　ありがとう！　あ、でも、あくまで優しくよ？　紳士的に！」

「わかってるよ」

本当にわかっているのかはわからなかったけれど、いい笑顔で彼はそう言う。

「レイラ、その代わりちゃんと出来たらご褒美ちょうだい」

「ご褒美？」

「とっておきのご褒美。そしたら僕、これからもがんばっちゃうかもしれない」

アルベールはレイラの耳に唇を近づけると、息のかかる距離で、蜂蜜のように甘く、それでいて少し毒を含んだような囁き声をだした。

「犬のように躾けようとしてくれているのなら、ちゃんとしたご褒美がなくっちゃ」

「え？　――えぇ⁉」

まるで心を読んだかのような台詞に、レイラは耳を押さえながらアルベールから距離をとった。いい反応を見せるレイラにアルベールは「顔まっか」と肩を揺らす。

「大丈夫、心を読んだわけじゃないよ。……僕が読んだのは、顔色ぐらいかな？」

「え？　え？　えぇ⁉」

「それじゃ、行ってくるね」

アルベールはよそ行きの笑みを顔に貼り付けると、先ほど女生徒が去って行った方向に歩き出す。すると、木の陰に隠れていたのだろう女生徒が飛び出して、アルベールと会話をし始めた。会話の内容は遠すぎて聞こえないが、様子を見るにレイラと話すときと変わらない、とまではいかないけれど、そこそこちゃんと普通に会話しているようだった。

しばらく会話をして、女生徒が頭を下げる。アルベールがそれに片手を上げて、こちらに身体を向けた。おそらく「ありがとうございました！」「うん、いいよ」という会話を交わしたんだろうということだけなんとなくわかる。

アルベールがレイラの元へ返ってくる。

「アル、なんの用事だったの？」

「先生からの伝言だった。次の実技の授業、僕には指導の方に回って欲しいって。教えることはしなくていいから、他の生徒たちが危ないことをしないかどうか近くで見ていて欲しいって」

「へぇ……？　それって、いつものことなの？」

「まぁ、よほど珍しい実技じゃなければ？」

「なる、ほど……」

（先生、それはいくら何でも頼りすぎでは⁉）

いくら、もしかしたら自分よりも魔法が使えるかもしれない相手が生徒だからって、指導の方に回すのはどうなのだろうか。

（でも……）

出来ることをただひたすらにやらされるアルの気持ちを考えると、そっちの方が幾分か気持ちが楽なのかもしれないな、とも思った。同じ実技をやれば自分と他の生徒との間に差があるのが明確になるだろうし、それでやっかまれることもないとは言えないだろう。

アルベールの表情を見る限り、先生の依頼を不快だと思っている感じでもなかった。

「もしかしたら先生は、先生なりにアルを授業に参加させようとしているのかもね」

「レイラは優しい考え方をするね。先生は自分の面子を保つために言っているだけなのかもしれないよ？」

「そうかもしれないけど。……どうせ相手の考えていることがわからないのなら、ポジティブに考える方がよくない？」

「……そうだね」

アルベールは口角を上げる。

その瞬間、彼が先生の依頼に対して不快さをあらわにしていない理由を知った気がした。

（もしかして、先生の面子を守っているつもりだったのかな？）

彼が先生の気持ちをそう解釈していたならば、その可能性はある。というか、きっとそうだったのだろう。

「やっぱり私、アルが勘違いされたままは嫌だな」

「恋人だから？」

「そ、それもちろんあるけど！　……アルの優しいところが誰にも伝わらないなんて嫌だもの」

レイラの言葉にアルベールは何も言わずに目を細めた。その表情の意味はまだ良く読み取れない。ただただ、ひたすらに優しい視線だった。

アルベールはそのままレイラにもう一歩距離を詰めてくる。すぐそこまで近づいてきたアルベールに彼女はとっさに距離をとろうとするが、それはいつの間にか腰に回っていたアルベールの腕によって阻まれてしまう。そのまま逃げられないようにもう一本の腕もレイラの背に回った。

「それじゃ、レイラの優しい恋人である僕は、そろそろ君にご褒美を強請《ねだ》ろうかな？」

「あ……」

先ほどの会話ですっかり失念していたが、そういえばそんな話だった。

レイラはアルベールの腕の中で頬を染めながら、彼の胸あたりのシャツをぎゅっと握る。

「え、えっと。ご褒美ってどんなものを強請られるんでしょう？」

「そんなの決まってるでしょ。僕が恋人であるレイラに強請るんだから」

アルベールはそこで意味深に言葉を切った後、レイラの身体を更に抱き寄せた。アルベールは彼女の肩口にしっかりと顔を埋めながら、そのままレイラにだけ聞こえる声を出す。

「えっちなの」

「え」

その瞬間、何も考えられなくなった。全身の血が一気に沸騰し、目の前がクラクラしてくる。首筋がほてり、汗もぶわっとふきだした。

レイラはこれ以上ないというほどの真っ赤な顔で震える唇をなんとか動かした。

「そ、それは――――！」

そう声を上げたとき、頬の方で、ちゅっ、とリップ音がした。「え？」と間抜けな声を出すと同時に、アルベールの身体がレイラから離れていく。

アルベールにキスをされたのだと気がつくのにはそんなに時間がかからなくて、レイラはキスされた方の頬を手で覆いながら、もう一度「え？」と困惑した声を出した。

「どう？　ドキドキした？」

その台詞に揶揄われたのだと知る。レイラは怒りと羞恥でぷるぷると小刻みに震えた。

「ア、ア、アルの馬鹿ぁ――――！」

気がつけば心の声が口から飛び出ていた。

その怒鳴り声にアルベールはお腹を抱えて笑い出す。

「本当にえっちなのは、また今度にね？」

「絶対に、しません！」

レイラは地面を踏みしめながら、そう荒れた声を出した。

アルベールがクラスメイトと会話らしい会話をするようになった。

そのニュースなのかなんなのかよくわからない情報は、あっという間に学園内に広がった。

例の躾（なのかなんなのかよくわからないもの）が効いたのか、それともレイラに悲しい思いをさせたくないとアルベール自身が思ったからなのか、それはわからなかったけれど。アルベールはあれから、むやみやたらに人を無視するような真似はしなくなったらしい。

自分から話しかけることはしないが、話しかけられれば必要最低限の会話をこなすようになったようで、今まで彼の無視で困っていた人たちは、この変化に歓喜した。

しかも例の女生徒が何か言ったのか、アルベールが人と話すようになったのはレイラのおかげだということが広まっており、レイラは一部の人たちから『猛獣使い』と呼ばれるようになっていた。

それがここ一週間の出来事である。

アルベールがほかの生徒たちとも話せるようになったのはいいことだ。

まだまだそっけないらしいが、これは、ヤンデレを治す小さくも貴い一歩である。しかし、この変化はいいことばかりを引き寄せるわけではなかった。

「アルベールさん！　レイラさん！」

その声が聞こえてきたのは、昼休憩のことだった。食事を終えて、いつものように魔法の練習をはじめようとしたまさにそのとき。声のした方を向くと、ミアがこちらに向かって走ってきているところだった。

「魔法の練習ですか？　今日も一緒にやっていいですか？」

二人の前につき、彼女はそう問いかけてきた。真っ正面からそう聞かれてだめと言うわけにもいかず、レイラが「うん。一緒に練習しよう」と頷くと、彼女は嬉しそうに小さく飛び跳ねた。

これがアルベールのニュースが流れて、あまりよくなかったことの一つである。アルベールの噂が流れ始めた翌日から、ミアが昼休憩の練習に必ず加わってくるようになったのだ。きっと、アルベールの態度が軟化したと聞いて話しかけに来たのだろう。それ自体は問題ないのだが、問題は彼女の態度にあった。

「アルベール様、見てください。綺麗なお花ですよ！」

「私、薬草学が苦手なんですよね」

「今日のお昼は何食べたんですか？　今度ご一緒してもいいですか？」

今回もミアは魔法もレイラもそっちのけで、アルベールに話しかけていた。最初のうちはレイラも会話に交《ま》ざろうとしていたのだが、話を聞いてくれるのはアルベールのみで、ミアはふられるまでなにも答えてくれないのだ。アルベールではないがあそこまでやられると無視と何ら変わりない。

ここまでされるとさすがのレイラもミアが自分に近づいた目的がアルベールだということに気がついており、だけどどうやっても割り込めない空気に居心地の悪さを感じてしまっていた。

（この空間に私いらないよねー……）

ミアのはしゃいだような声を背中で聞きながら、レイラはそっとため息を吐いた。

正直、無視されるのは仕方がないかな、とは思っている。相手はなんてったって物語の主人公なのだ。モブに興味を持ってくれというのも難しい話だし、どこにでもいそうな取るに足らない相手など興味の対象にならないのだろう。

ただここまであからさまにされると、やっぱり面白くはないわけで……。

（アルベールも前よりちゃんと会話してるし、ちょっと抜けちゃおうかな）

本当はミアと話さないで欲しいという願望もあるのだが、『みんなと普通に話して』はレイラが望んだことなのだ。だから、ミアとだけ特別に話さないで欲しい、というのもなかなかできない話である。それにもしかしたらアルベールだってミアとの会話を楽しんでいるかもしれないし、もしそうなら、二人の邪魔をするのも可哀想だ。

（アルからの好意を疑っているわけじゃないんだけどな）

それでもやっぱりゲームでの物語が頭をちらつくのだからしょうがない。

しつこいぐらいにつきまとってアルベールの孤独を癒そうとするミア。彼女のつきまといに辟易しながらもだんだんと絆されていくアルベール。そんなゲームの展開を考えれば、今のこの状況もなかなかに近いものがある。もしかするとここから二人のロマンスが始まるのかもしれない。

レイラはもう一度ため息を吐いて気持ちを切り替えると、二人から少し離れた噴水の近くを指でさした。

「あの私、向こうに行ってるね。ちょっと一人で練習したくて――」

「本当ですか？　わかりました！」

くいぎみでそう言われ、なんだか更に切なくなった。邪魔者だとは言われてないが、この反応は言われているのと変わらない。おそらくミアの目にはレイラがアルベールとの仲を裂く邪魔者に映っているのだろう。

（ま、練習は一人でやる方が捗《はかど》るかもしれないしね）

「僕も行くよ」

レイラがその場を離れようとしたとき、アルベールが腕を掴んで彼女を止めた。目を瞬かせながら「え？」と呆けた声を出すと、ミアがすかさず「それなら、私も一緒に行きますね！」と声を上げる。

「君はこなくていい」

そう言ったのはアルベールで、目を見開いたのはミアだった。

「レイラが望むから適当に相づちを打っていたけれど、彼女にそんな顔をさせるなら君はもう必要ないよ」

「えっと……」

「これからはシモンとの魔法の練習以外、僕に話しかけて来ないでね」

「そんな！　それだと、週に二回しか会えないじゃないですか！」

「週に二回でも、僕にとっては多いぐらいだよ」

口調は柔らかいが、態度は頑《かたく》なで冷たい。レイラは「ちょっと、アル！」と彼を止めようとしたのだが、彼は聞く気がないようでレイラの方を振り返りもしない。

「レイラを大切にしない人は、僕に必要ないよ。人生単位でね。……ってことで。行こう、レイラ」

最後は穏やかな笑顔を浮かべて、アルベールはレイラの手を引き、そのまま校舎の方へ足を進めるのだった。


「アル、やっぱり言いすぎだったんじゃない？」

レイラがそう言ったのは、後方にいたミアが完全に見えなくなってからだった。アルベールは歩を進めつつも、その言葉に振り返る。

「何が？」

「ミアのこと。せっかく話しかけてくれてたのに……」

「レイラは僕が他の女の子と話すの、嫌じゃないの？」

「それは……」

他の女の子、というか、あそこまであからさまにレイラのことを無視するミアがアルベールと仲良く話しているのは、確かにあまり見ていて気持ちのいいものではない。

けれど、そんな思いとは裏腹に、レイラ以外とあまり交流することがなかったアルベールが、他の人と交流を持つこと自体は喜ばしいと思うのだ。

「とにかく、これは僕が決めたことだから、レイラは気にしなくていいんだよ。この一週間、実は結構我慢してたんだ。彼女の話は中身がないから面白くなかったし……」

「私の話にも中身はないよ？」

「レイラの話は、レイラの話ってだけで価値があるんだよ？　君の声帯が震えるだけで、僕の心が震えるんだ。少なくとも僕にとって、君の言葉はどんなものでも金言だよ。レイラの声で紡がれる言葉に無価値なものなんてないからね」

また大げさなことを言いつつ、アルベールは歩幅を緩めた。

「それにしても明日からどうしようか？」

「どうするって？」

「あんなこと言ったらさすがにもう来ないとは思うけど、万が一のために食事をとる場所は変えたいなって思って。あの場所もう結構みんなにバレてるから、二人っきりになれないでしょ？」

「二人っきりかぁ」

そのとき、レイラの脳裏に一週間前の彼との会話が蘇ってくる。

『そんなの決まってるでしょ。僕が恋人であるレイラに強請るんだから』

『えっちなの』

そのときのことをまざまざと思い出し、レイラは頬が熱くなるのを感じた。正直、それまでアルベールのことを異性だとすごく意識したことはない。もちろん異性だとはわかっていたし、これまでにも翻弄されていた節はあるのだが、男女をはっきりと意識したのはあのときが初めてだった。なので正直、今彼と二人っきりになるのはちょっと避けたい事態だったのだ。嫌とかではないが、変に意識しすぎてしまう気がする。

レイラの赤くなった顔を、にっこり笑顔のアルベールが覗き込む。

「もしかして、変なこと考えてる？」

「考えてません！」

そう声を大きくしたときだった。レイラの視界の端に妙なものが映り込んでくる。それは校舎の角から不自然に飛び出ていた。

「え」

よく見るとそれは、人の足だった。校舎の陰で、誰かが倒れている。

レイラは慌てて駆け寄り、足の持ち主を確かめた。校舎の陰でうつ伏せで倒れている人物を確認した瞬間、レイラは驚きの声を上げた。

「シモンくん⁉」

◆◇◆

「すみません。ちょっと急に体調が悪くなってしまって……」

医務室のベッドでシモンは申し訳なさげに視線を下げた。医務室には、シモンを見つけたレイラとアルベール、そして後から駆けつけたミアがいた。

「大丈夫なの？」とレイラが聞くと、シモンは「はい。僕、昔からちょっと身体が弱いんです……」と苦笑いを浮かべた。その申し訳なさそうな顔が、ゲームの中で見た彼の寂しそうな表情と重なり、なんだか少し胸が締め付けられる。

ゲームの中のシモンも体調を崩しぎみで、その度に謝ってばかりだった。

「しばらくは、レイラたちに教えるのも休んだ方がいいかもね」

そう言ったのは意外にもアルベールで、シモンは眉を寄せながら頷いた。

「あ、はい。出来ればそうしてもらえると……」

「えー！　でもそうしたら、ミアたちはどうなっちゃうの？」

大きな声を上げたのはミアだった。その奇行に、隣にいたレイラは「ちょ、ちょっと！」と彼女を止めるが、ミアは不満げな顔で更に言葉を重ねた。

「私、シモンくんと練習し始めてちょっと魔法上手になってきたのに！　レイラさんも困るでしょう？　何か言ってくださいよ！」

「わ、私は、別に大丈夫だよ？　それよりも、シモンくんの体調の方を優先して欲しいって思うよ」

「そうだね。こういうときは無理するべきじゃないよ。体調が悪いときは、魔法も暴走しやすいから」

「暴走？」

「魔法は、魔力値が高い人間ほど体調や感情の変化に左右されやすいからね。シモンの魔力値は扱いに気をつけないといけないレベルだと思う」

魔力というのは、マナを動かすために消費するエネルギーのことである。魔力値が高い人間ほどより大きな魔法が使えるので、一般的に魔力値が高い人間の方が優秀な魔法使いとして扱われる。

普通の人と魔法が使える人間の一番の違いは、この魔力を生成する器官が身体の中にあるかないかだ。そして魔力は、体調や感情、精神状態に大きく左右される。魔力から生み出される魔法も同じようにそれらに左右されがちなのである。

アルベールのフォローに、ミアは唇を尖らせた。

「そんなー。もー、シモンくんってば、肝心なときに使えないんだから」

「そんな言い方……」

「だってぇ、仕方がないじゃないですか！」

思わず出てしまったレイラの呟きにミアは拗ねたような声を出す。彼女がそんなことを言ってしまうのは、きっと先ほどアルベールとした会話が原因なのだろう。

『これからはシモンとの魔法の練習以外、僕に話しかけて来ないでね』

『そんな！　それだと、週に二回しか会えないじゃないですか！』

『週に二回でも、僕にとっては多いぐらいだよ』

ただでさえ週に二回しか会えなくなったというのに、シモンが倒れて練習がなくなったとなると、ミアは週に一回もアルベールに会えなくなる。シモンへの強い言葉にはそんな裏があるのだろう。

「それに、こんなことじゃ、シモンくんも気分を害さないですよ！　ね、シモンくん？」

「う、うん。本当にごめんね。ミア」

謝る必要はないのに、シモンはそう眉尻を下げた。

（みんな自分に好意を向けているというのが、ミアのデフォなんだなぁ）

レイラはミアを見ながらそう思う。乙女ゲームのヒロインだからもっとキラキラした天使のような性格を想像していたが、実際の彼女からは『甘やかされたお嬢ちゃん』という印象しか受けない。

（でも確かに、ゲームでもこんな感じだった気がするな）

世にも珍しい光属性の適性を持って生まれてきた、ミア・ドゥ・リシャール。千年に一人の逸材として周りからありがたがられ、大切にされてきた少女。ゲームをしているときは周りが優しいのが当たり前だと思っていたが、あれはミアの視点だからで、もしかすると周りからはこんな風に見られていたのかもしれない。

医務室を後にした一同は教室に向かう。次の授業はもうとっくの昔に始まっていた。事情は、もう養護教諭から授業担当の先生へ伝わっているらしく、事が事なので三人には後で補習が行われるのだという。この処置にレイラはほっとした。奨励生が授業をサボるなんてこと、あってはならないことだからである。最悪、小テストを待たずして奨励生を剥奪されるところだった。

「レイラさん、ちょっとお話ししたいんですけど、いいですか？」

教室へ向かう途中、そうレイラを呼び止めたのはミアだった。突然のことに目を瞬かせるレイラに、ミアは「二人だけでお話ししたいことがあるんです」とか弱い女の子の声を出す。相談ならば、アルベールがいてもいいはずだ。それを避けるということは、アルベールのことを話すか、アルベールに聞かれたくない話をするかである。

レイラはしばらく迷った後に、彼に声をかける。

「アルは先に教室に帰ってて」

「……大丈夫?」

「うん。ミア、何か相談があるみたいだから」

レイラの言葉にアルベールは少し迷った後、「何かあったらすぐに呼んでね」と耳の後ろを指先で撫でた。その瞬間、何か魔法をかけられたような気がしたが、今回は見逃した。きっとレイラとミアを二人で残していくことに彼は不安を感じているのだろう。本当ならば一緒にいたいけれど、レイラの心を汲んで二人っきりにしてくれてるのだ。そう考えれば、少々盗聴されるぐらいわけない話である。

アルベールがその場からいなくなった後、レイラはミアに向き合った。

「それで、どうしたの？」

「実は今回、お願いがあって……」

「お願い？」

「レイラさんからも言ってもらえませんか？　アルベール様に、私に冷たくしないようにって！」

想像の斜め上のお願いにレイラは目を瞬かせる。予想では、もっと毒々しい話をされると思っていたのだ。具体的には『アルベール様に近寄るな』とか『負けませんから』というような、宣戦布告をされると思っていた。

「なんか、多分誤解されてると思うんですよね。ミア、別に悪い子じゃないのに、なんか目の敵にされて辛いですし……」

「アルは誰に対してもあんな感じだよ？」

「でも、レイラさんには違うじゃないですか?」

それを言われたらなにも言い返せないが、アルベールとレイラの関係は、外向けには、恋人となっている。恋人であるレイラと、アルベールにとって何者でもないミアを比べるのはそもそも間違っているのではないだろうか。

困惑するレイラをよそに、ミアは胸元で手を組み、甘えるような声を出してくる。

「ほら、アルベール様と私って二人で一つだって感じがしませんか? 適性属性も光と闇だし、お互いにとても希な存在じゃないですか! 私達、やっぱり仲良くするべきだと思うんですよね!」

「えっと、ミアはアルのことが好きなの?」

「え? 違いますよぉ」

想像とは真逆の答えに、レイラは「へ?」と呆けたような声を出す。ミアは自身の胸に手を当て、更にこう宣《のたま》った。

「ミアは誰のものでもないんです。みんなのものなんです! アルベール様とお話ししたいのは、アルベール様が私の魅力に気がついていないようなので、気がつかせて差し上げたくて! あんなに優秀な人が、私と友人ではないのは可哀想じゃないですか!」

(わかった。この子、究極の自惚れ屋だ……)

レイラはミアの性格を、初めて理解したような気になった。

きっと彼女の思考回路の中では、『あんなにすごい人なのに、私の側にいないなんて可哀想!』となっているのだろう。もしかしたら、ハーレムルートを目指すヒロインの思考回路はこんな感じなのかもしれないなと、レイラは話を聞きながら思う。

「レイラさんはいいですよね。なんの取り柄もないのにたまたま気に入られて！　あぁ、悪口じゃないですよ？　私、人の悪口は言わない主義なんです！」

「……はぁ」

「でも、レイラさんが独り占めしたい気持ちもわかるんですよ？　私だってレイラさんと同じ立場だったら同じようなことをしていると思いますし！　そう考えるとシモンくんが悪いと思うんですよねー。シモンくんが倒れなかったら、私だって、レイラさんに頭を下げるようなことしなかったですし。本人は体調が悪いって言ってましたけどそこまで悪そうに見えなかったもんなー」

「ねぇ、もうやめよう！」

言葉尻が強くなってしまったのは、あんなに好意を向けてくれているシモンの悪口を、『悪口は言わない』と言った口で言ったからだろうか。

「今まで角を立てたくなかったから言わなかったけど、ミアはちょっとわがままが過ぎると思う。あんまりこういうこと言いたくないけど、そういうのやめた方がいいよ？」

「そういうのって、なんですか？」

「人の気持ちを考えない行動」

いつになくぴしゃりとレイラがそう言うと、ミアは不機嫌丸出しの顔で口を噤む。

「シモンくんだって、私から見たら体調が悪そうだったよ？　それに、その人がどう思ってどう感じているかを、その人の見た目で勝手に判断するのはよくないと思う。そういうことをすると、繕うのが上手な人や相手に迷惑をかけたくないって思ってる心の優しい人ばかり割を食うことになっちゃうからさ」

「……」

「私もあんまりこういうこと――」

「わかりました！　今回は諦めます！」

レイラの言葉を切るようにミアはそう声を荒らげた。唇を尖らせて顔を背ける姿は、まるで聞き分けのない子供のようで、レイラの眉間にも皺が寄る。

「レイラさんの主張はわかりましたから、もう行きましょ！　こんなことしてたら次の授業も始まっちゃいますよ！」

「あ、うん……」

（本当にわかってるのかなぁ……）

一抹の不安を感じながら、レイラは背を向けたミアを駆け足で追いかけるのだった。

◆◇◆

ミア・ドゥ・リシャールは、お姫様である。

彼女の適性属性が、千年に一人とも言われる世にも珍しい光属性だとわかったのは、わずか十歳のときだった。魔法の適性が発露する時期はばらつきがあり、十歳という年齢は平均から見ても比較的早いものだったが、それ以上に彼女の持って生まれた属性が珍しく、両親含め周りの人間は、彼女を神童としてあがめ奉《たてまつ》った。

国も稀少な人財に金を惜しむことなく、リシャール家に多額の寄付をし、ついには平民から男爵へと成り上がらせた。ミアの扱いはまさに一国の姫のようで、彼女はあたえられるかぎりの愛と羨望と富と名声を浴びてここまで大きくなった。ミアの周りには彼女のことを否定する人間なんてものは存在せず、彼女の周りにあるのは自らを肯定する要素だけ。

だからこそ、だからこそ、だ。耐えきれない上に理解が出来なかった。自分の意に沿わない人間というものが。

最初に理解できなかったのは自分と同じように稀な属性を持って生まれた生徒が自分のところへ挨拶に来なかったこと。次に理解できなかったのは、彼の恋人だと言われている女生徒があまりにも無能で、さらにはミアのことを鬱陶《うっとう》しがっているということ。そして最も理解できなかったのは、その二人がミアのことをもてはやさなかったことだった。特にアルベールは最初の段階で自分に靡くはずだったのに。

だって、光と闇だし！　年齢も近いし！　かっこいいし！　隣国だけど王子様だし！

彼は最初からミアのものだったのだ。なのに変な女に靡いていただけじゃなく、こちらに興味を示さなかった。こんなの完全な裏切り行為である。

（何よあれ。面白くない！）

わかっていないようだから、わからせてあげようとしただけ。

（私はすごいんだよって、教えてあげようとしただけなのに）

なのにまさか、あの無能な彼女《レイラ》の方にもひどいことを言われるだなんて思わなかった。

もーいや！　最悪！　腹が立つ腹が立つ腹が立つ腹が立つ‼

まぁでも正直、レイラはどうでもいい。ただ、アルベールには自分の側にいて欲しいのだ。だって彼に認められないと学園の一番はもらえない。一番ちやほやしてもらえない。

（だから、一生懸命優しくしてあげたのに！）

ミアは、後ろをのんびりと歩く、何も考えてなさそうなレイラを盗み見る。窓の外を見ながら『いい天気だなぁ』といった感じで頬を緩めるのも気に入らないし、ミアに対して不快の色は見せても嫌悪の感情を見せないところも気に入らない。

そこまで言うのなら、嫌えばいいのに！　なによ、いい子ちゃんぶって！

そうしていると、ミアの頭の上に輝くひらめきが突然落ちてきた。

（そうだ！　いいこと思いついた！）

ミアははっと顔を跳ね上げると、レイラを振り返った。そして、にっ、と勝利の笑みを見せる。

レイラはそれに目を瞬かせた後、ミアに倣うように笑みを浮かべた。やっぱり、その張り付いたような笑みより、自分の笑みの方が圧倒的に可愛い。ミアはその事実にまた気分がよくなった。

「早くシモンくんよくなるといいですね！」

「あぁ、うん。そうだね」

レイラの相づちに、ミアは足取り軽やかにスキップをしながら、教室を目指すのだった。

◆
◇
◆

翌々日、その情報を持ってきたのはミアだった。

「レイラさん、朗報ですよ！　シモンくん、体調良くなったみたいで、今日から練習再開してもいいそうです！」

今まで見たことがないような満面の笑みを浮かべて、彼女はそうレイラの顔を覗き込んだ。登校してきたばかりでまだ頭が上手く動き出していないレイラは、その言葉を上手く呑み込めずに一瞬だけ固まる。そんな彼女にミアは更に言葉を重ねた。

「実は昨日、心配になってシモンくんのお見舞いに行ってきたんですよ。そしたらすっかり元気になっていて、シモンくんから言いだしてくれたんですよ」

「それはよかったね。でも大丈夫かな？　今週ぐらいは様子を見た方がいいんじゃ……」

「私も何度も確認したんですけど、大丈夫だって！」

それなら問題はないかと、レイラは「そっか」と安心したような声を出した。練習再開も嬉しいが、シモンの体調がよくなったことがこれ以上ない朗報だ。

「私がお見舞いに行ったからかなー。元気になってよかったですね！」

「そうだね」

レイラは頷きながらミアのことを少しだけ見直していた。誰も何も言っていないのに、自分からシモンの見舞いに行くというのは、レイラの考えていたミアの像とはちょっと違っていたからだ。

（そういえば、ゲームでもお見舞いイベントってあったっけ……）

ある日、シモンが体調を崩し何日も学園を休んでしまう。心配になったミアは寮の彼の部屋までお見舞いに行くのだが、自分の身体の弱さにコンプレックスを持っているシモンはそれを拒絶する。弱っている自分の姿を見せたくなかったのだ。

しかしミアは、諦めることなく何度も見舞いに行き、シモンもだんだんそれに絆されていく。最後には、お見舞いに来たミアをシモンは受け入れ、そこで自分のコンプレックスを告白するのだ。

（確か、あの話からシモンの恋愛ルートに入るのよね）

状況は違うが、もしかしたら昨日はそのイベントがあったのかもしれない。そう思うと、なんだか少しほっこりとした。ミアはどうだかわからないが、シモンは明らかにミアに気がある感じなのだ。彼の健気さを見ているとちょっと応援したくなってくる。

「今日から練習がんばりましょうね！」

「そうだね！」

本当に心から、レイラはそう頷いたのだが……

「一昨日はすみません。レイラさん、アルベールさん……」

放課後、いつもの練習場所である校庭に足を運んだレイラの前には、明らかに体調が悪そうなシモンがいた。ベンチに座っている彼の顔は青白い。声だって弱々しくて覇気がないし、ちょっと掠れてもいる。レイラの目には、医務室に運んだ日と同じか、それ以上に彼の体調は悪そうに見えた。

レイラは困惑した声を出す。

「えっと。シモンくん、本当に大丈夫？」

「あ、はい。大丈夫です。ちょっと立ち上がっての指導は出来ませんけど。座って指示を出す分には問題ないと思います」

「それって、大丈夫じゃないよね⁉」

立っているのも辛いということじゃないかと、レイラはひっくり返った声を上げる。

そんなレイラの前に、ミアは不満げな顔で躍り出た。

「もー。レイラさんってば心配性ですね！　シモンくん自身が大丈夫だって言ってるんだから大丈夫ですよ。ね、シモンくん」

「……うん」

無理矢理言わされているという感じではないが、やっぱり少し無理をしている感じでシモンは頷いた。その表情に隣にいたアルベールの眉間にもわずかに皺が寄った。

「無理さえしなければ大丈夫だと思います」

「無理さえしなければって……」

やっぱりやめておいた方がいいんじゃないかとは思ったが、シモンがこう言っている上にミアの希望が強く、その日は押し切られ魔法の練習をすることになった。のだが……

（やっぱりあんまり体調はよくなさそうだよね……）

もう身体の八割ほどの大きさまで収束が出来るようになったレイラは、心配してシモンを盗み見る。シモンはぐったりとベンチに身体を預けていた。

「大丈夫ですよ。来る前に医務室でお薬もらってましたし、どうしても辛かったら言うって約束しましたから」

隣を見れば、ミアが「心配性ですねぇ」と言わんばかりの顔をしていた。

「それに、ちょっとお願いしたぐらいで来てくれたんですから、やっぱり大したことなかったんですよ」

「お願いしたの？」

「はい！　昨日のお見舞いのときに。最初は『みんなに迷惑かけてもいけないから……』って言ってたんですが、ミアが本気のおねだりしたら頷いてくれたちゃいました！」

まるでそれを誇るように、ミアは胸を張る。

そんな彼女の行動を見ながら、レイラは気分が悪くなるのを感じだ。話を聞いた段階でこういう可能性も考えてはいたが、まさか本当にこういうことをする人間だなんて思わなかったのだ。

「それよりも、さっきからアルベール様、全然話しかけても反応してくれないんですけど、何か知りません？」

「知らない」

レイラは投げやりにそう言うと、収束をやめた。レイラが杖を左右に振ると、集まっていた水のマナが霧散する。

「レイラさん？」

「今日はもうやめよう。シモンくんが可哀想だよ」

「もう、レイラさん。ヤキモチ焼かないでくださいよ。いくら私をアルベール様に近づけたくないからって……」

「そうじゃないでしょ！」

レイラが思わずそう声を荒らげると、ミアがびくついた。彼女の顔は、まるで初めて誰かに怒られたというような表情をしている。

「体調が悪いときに、どうして無理をさせるようなことをするの？」

「でも、シモンくんが自分で――」

「違うでしょう！」

ミアはシモンが自分に好意があることをわかってやっているのだ。自分がお願いしたら、シモンが断りにくいことを彼女は知っている。

レイラは狼狽えるミアに更に言いつのろうとするが、背後からかかったアルベールの「レイラ」という呼びかけに、彼女はぐっと口を噤んだ。木の側で見守っていたアルベールはいつの間にかレイラの背後に檻おり、彼女の肩に手を置いている。

「僕も今日はやめておいた方がいいと思う。さっきからシモンの魔力値が安定していない」

「魔力値が安定しないって、もしかして――」

レイラの脳裏に『暴走』という単語がよぎる。アルベールが前にしていた話だ。魔法使いが暴走するというのは、この世界では全くない話ではない。年に二、三回ほどは、新聞に取り上げられている程度の話ではある。それでも、その程度、だ。珍しい話であることに変わりはない。

レイラの不安を的確に読み取ったアルベールは声を潜めた。

「暴走というのは基本的に魔法を使おうとして起こるものだから、魔法さえ使わなければ大丈夫だよ。……普通は」

「普通は？」

「皆さん、どうしたんですか？」

集まって話をしていることに気がついたのだろう、シモンがベンチから立ち上がり、こちらに歩いてくる。その足取りは軽やかとは言えず、どちらかといえば心許ない。顔色は更に悪くなっており、土気色になっていた。

これにはさすがのミアも危機感を持ったのだろう、「やば……」と小さく呟いていた。

「なにを話して――」

そこでシモンは膝を折り、心臓を押さえる。呼吸が荒くなったのが彼の蹲った背中からわかった。

レイラは慌てて駆け寄ろうとするが、「来ないでください！」というシモンの怒声に足がすくんでしまう。

「あぁぁあぁぁあぁ……」

シモンはその場で小さく唸り出す。すると彼の身体から、どろっとした水があふれ出てきた。粘つきのあるその水は、シモンの身体を覆い、ゆっくりと地面に広がっていく。

「やばいね。本当に暴走だ」

「シモンくん……」

「なにやだ！　あれ、気持ちが悪い‼」

シモンの変化が恐ろしいのだろう、ミアは縋るようにレイラの服の袖を掴む。その手は小刻みに震えていた。地面に広がる水から、じゅぅ……、と何かが焼けるような音が聞こえる。見れば、水の下にある芝生が全て枯れたようになっていた。水が広がる端から妙な煙も上がりはじめる。

レイラはそれを見ながら声を震わせた。

「なにこれ……」

「暴走というのは、それぞれのマナの特徴を強化する傾向があるんだよ。今回強化された特徴は腐食みたいだね」

「腐食？　でも水って……」

「水はありとあらゆるものを腐食させるよ。生物だろうが、金属だろうが、なんだって、ね？　普段問題にならないのは、腐食するのに時間がかかるからだ」

生物の死体が水の中で膨張して腐敗するように、金属が錆びるように。

つまり、普段腐食にかかる時間をあの水は極端に短縮しているということだろうか。

その説明にミアがヒステリックな声を上げる。

「ということは、あの水に触れたら私達も腐っちゃうんですか⁉」

「そういうことだね」

「そういうことだねって……」

「シモンくんは大丈夫なの？」

視線の先にいるシモンは、うずくまったまま動かなくなっていた。もしかすると気を失っているのかもしれない

「どうだろう。僕も暴走した人間をそんなに沢山見たことがあるわけではないから、なんとも言えないね。ただ、気を失っても魔力が垂れ流されているところを見るに、あのままだと死ぬんじゃないかな。魔力を使い切ってね」

「そんな……」

「レイラ、シモンを助けたい？」

アルベールの問いに、レイラはシモンに向けていた顔を上げる。

「当たり前でしょ！」

「僕が助けてあげようか？」

「出来るの？」

「出来ないとでも思った？」

こちらを見下ろすアルベールの顔には、余裕の笑みが浮かんでいる。きっとどうすれば彼が助かるのかアルベールは知っているのだろう。

「レイラの頼みなら、シモンのこと、助けてあげてもいいよ」

そのセリフにレイラはアルベールのことをすぐさま頼りそうになる。しかし、ここまでもったい

つけているのだ、もしかすると彼はまた何か対価を要求してくるのかもしれない。躾のときのご褒美のように。

「アル」

「ん？」

レイラはアルベールの袖を引く。そして、そのままの勢いでかかとを上げた。彼の肩に手を置き、体重をかけて無理矢理顔をこちらに傾かせると、レイラはアルベールの頬に唇を落とした。

「……え？」

「お願い」

甘えるわけでもなく、かといって怒った風でもなく、レイラはそう呟いた。顔を背けたのは頬の赤みを少しでも見られないようにするため。彼の頬にキスしたのは、強請られてからするのが癪だったからだ。それに、毎回毎回翻弄されっぱなしというのも、なんとなく情けない。

レイラからキスしてくるとは思わなかったのだろう、アルベールは頬を押さえたまま固まっていた。そんな彼をレイラは覗き込む。

「ダメ？」

「……」

「アル？」

アルベールは、額を押さえて大きく息をつくと、首を振った。そして「あぁ、僕のレイラは可愛いなぁ」と何やらぶつくさ呟きはじめる。その呟きが聞こえていないレイラは、少しだけ不安な顔になった。

「アル？　やっぱりダメだった？」

「……そんなわけないよ。すごくやる気になった」

これまでにない優しい笑顔で、アルベールは桃色に染まるレイラの頬を優しく撫でた。隣ではミアが「なに二人でいちゃついてるんですか！　早くなんとかしてくださいよ！」と騒いでいる。シモンから溢れた粘度のある水は、三人の足元にもうすぐたどり着こうとしていた。

「二人は隠れてて。この水に触れると危ないからね」

そう言って、アルベールは制服の内ポケットから黒い杖を出した。

ミアとレイラが木の後ろに隠れたのを確認して、アルベールが一歩踏み出すと、何か危険を察知したのか、水がまるで槍の先端のような形になり、彼を刺しに来た。アルベールが上体を反らしその切っ先をよけると、それを見越していたかのようにいつの間にか彼の周りを囲っていた水が同時に三本の切っ先に変化し、中心にいる彼を襲う。

これにはレイラも声を上げた。

「あぶ――」

「上手な戦い方をするね」

アルベールはまるで褒めるようにそう言い、地面を蹴った。すると何かに弾かれるように身体が上空に舞った。きっと過集収させた風のマナを自分の下で爆発させて宙に飛び上がったのだろう。

「アルベール様、すごーい！」

ミアがはしゃいだような声を上げるのと同時に、レイラはアルベールが無事だったことにほっと胸をなでおろす。

宙を舞うアルベールに隙を見いだしたのか、水の槍は更にアルベールを追って何本も生えてくる。アルベールはまるでそれを見越していたかのように空中でよけて、シモンの背後に降り立った。そして、杖の切っ先をまだ水の触れていない地面に刺す。そして何やら小さな声で呪文を唱えた。すると、シモンの下にある地面が地響きと共に盛り上がる。

「わ！」

「あれって、手？」

地面から手が生えている。そう表現するのが最も適切な光景だった。地面から生えた手は手中にいたシモンを握る。その行動にレイラは焦ったような声を上げた。

「え、ちょっと！」

「大丈夫だよ。傷つけるつもりはないから」

「でも……」

「水のマナに強いのは地のマナだからね。そして、地のマナは浄化作用に優れている。あの手に使っている土はシモンの水を浄化し、自らの糧にするように設計してある」

その言葉通りに、シモンから流れ出た水をあの手の形をした土は吸収しているようだった。数歩下がったアルベールに、レイラは木の陰から出て近づいた。

「えっと、もう大丈夫なの？」

「処理的にはね。あとは刺激をしないようにして生命維持が出来るギリギリのところまでこのまま魔力を削る。その後シモンを目覚めさせて自ら魔力を引っ込めてもらえれば、多分大丈夫だよ。さすがに生命維持ギリギリの魔力を制御できない魔法使いはいないだろうからね」

「そっか……」

「レイラ、魔力を削り終えるまで近づかないでね」

そうこうしているうちに生徒たちが集まってきた。いきなり地面から手が生えてきてみんな何事かと思って見に来たようだった。「何事ですか⁉」と金切り声を上げて走ってくるのは、基礎魔法学を担当するエマニュエル先生だ。

レイラとアルベールがエマニュエル先生に事情を説明する前に、ミアが先生の前に立ち口を開く。

「実は、シモンくんが体調が悪いのに無理しちゃったみたいで、暴走、っていうんですか？　その状態になっちゃったみたいで……」

まるでシモンだけが悪いような物言いにレイラは声を荒らげた。

「ちょっと、本を正せば――」

「私はちゃんと『辛くなったら言ってね！』って言ってたもん！　私は悪くないもん！」

ミアは叫ぶようにそう言って、地面から生えている手の真下まで行く。そして、上で気を失っているシモンを指差した。

「先生、シモンくんは上に――」

ミアがそう声を上げたときだった。レイラの視界にとんでもないものが映る。それは、シモンの前髪からまだ浄化し切れていない粘り気のある水が、ミアめがけて落ちてくる光景だった。

「ミア、危ない！」

気がついたレイラは咄嗟にミアにタックルする。その突然の行動に、ミアは最初「何するんですか、レイラさん！」と金切り声を上げていたが、自分が立っていた地面が、じゅぅ、という音とともに溶けたのを見て、今度は「きゃあぁぁ！」と情けない悲鳴を上げた。

「レイラ、大丈夫!?」

「うん。大丈夫」

ひっくり返った声を上げるアルベールに、レイラはべったりと地面におしりをつけたまま頷いてみせる。しかし、声が出せたのもそこまでだった。レイラは勢いよく咳込み始める。

(喉が痛い。鼻の奥から変なにおいがする……)

これにはさすがのミアもあせったのだろう、「レイラさん！」とひっくり返った声を上げた。そうしている間にも不快感は喉から胃の方にまで広がっていく。

(なにこれ内臓が……)

「気化した水を吸っちゃったんだね」

アルベールのどこか冷静な声を聞きながら、レイラは、そういえば……、と思い出していた。ミアを助けた直後、転けた自分たちの足元が水の腐食によって抉れているのを見て、レイラは思わずそこを覗き込んでしまったのだ。そして同時に、そこから立ち上る煙を彼女は吸ってしまった。きっとあれが良くなかったのだ。

アルベールはレイラの膝裏に手を回し、彼女を抱き上げた。そして安全な場所まで移動すると、前髪を払って顔色を確かめてくる。覗き込んでくる彼の真剣な瞳に、苦痛に顔を歪ませるレイラ自身が映り込んでいた。

「レイラ、ごめんね」

最初は何に謝られたのかよくわからなかった。その謝罪の意味に気がついたのはそれから数秒後、瞬きをした直後だった。瞬きをする前に見た彼の瞳が気がついたら目前に迫ってきていて、唇に柔らかいものが押しつけられる。

（え？　これって……）

レイラの唇に押しつけられたもの。それは、アルベールの唇だった。

（私、アルベールとキスしてる⁉）

その事実に気がついた瞬間、レイラの体温は急上昇した。なにがなんだかわからず、足をばたつかせた後、レイラは身体にぴったりとくっついていたアルベールの胸板を押す。しかし、彼はまったく離れる気配がない。

（な、なんか、長い！）

混乱も相まってか、どうやって呼吸すればいいのかわからず、レイラは助けを求めるように今度は胸板を叩いた。すると、ようやくアルベールはレイラを離す。

レイラは両手で唇を押さえた。

「ア、ア、アル、何を⁉」

「レイラ、もう大丈夫？」

「へ？」

「もう、喉痛くない？」

レイラはその言葉に喉を押さえて「あ」と何かに気がついたような声を出した。

先ほどまではキスをされたことの驚きでまったく気がついていなかったが、焼けるように痛かった喉の痛みは治まっており、内臓の不快さもなくなっている。

「さっきのは応急処置だよ。レイラの身体に僕の魔力を送り込んだんだ」

「魔力を？」

「正確には魔力に魔法を多少織り込んだものって感じだけどね。レイラのことを守るように指示を出しておいたから、今頃レイラの身体の中のシモンの水を無毒化してくれているよ。あと、傷ついた箇所の修復も」

つまり先ほどのは、人工呼吸のようなものだったのか。必要な救命処置。

そのことを理解した瞬間、キスだのなんだのとうろたえた自分が、ちょっと恥ずかしくなる。

「でも魔法って、そんなことも出来るのね……」

恥ずかしくなった自分を隠すようにレイラがそう言うと、アルベールは「みたいだね」と頷いた。

「え？　みたいだねって……」

「僕自身もやってみたら出来たって感じだったからさ。まぁ、出来る確信はあったんだけどね。今回のは、ぶっつけ本番だよ」

「ええ⁉」

「魔法に関しては理論もいろいろ確立しているけどさ。僕の経験則から言って、最後は気合いだよ。だって、魔力は感情に一番左右されるからね。結局、術者がなにをどう願っているかが、一番重要なんだと思う」

その言葉を聞いて、それだけ必死に自分のことを助けたいと思ってくれたのかと、レイラは嬉しくなった。同時に先ほどとは別の理由で羞恥心が湧き上がってくる。

レイラは、自身の胸に手を当ててじっと身体を見下ろした。

（なんだか、アルの魔力が身体に入ったと思ったら変な感じがするわね……）

「それにしても、僕の魔力がレイラの身体の中を巡ってると思ったらなんだか嬉しいよね」

レイラと同じことを思っていたのだろう、アルベールはそう言って頬を緩ませる。

「君の口から入った僕の魔力が、君の手や足や内臓や髪の毛一本に至るまで全部に吸収されるんだよ？　君と一つになれるなんて羨ましいよね？　というか、どちらかといえば妬けちゃうかも。僕より先にレイラと一つになっているなんて、やっぱり腹立たしいからね」

「自分の魔力に嫉妬するの⁉」

「僕はね、レイラ。毎食、君が食べている食事にだって嫉妬してるんだよ？　君に吸われる空気にだって、君が毎朝顔を洗う水にだって、君が勉強に向かうときの机と椅子にだって嫉妬してる。なんなら君の制服になりたいって思うし、布団には殺意が湧いているからね？」

さも当たり前だというようにそう言うアルベールに、レイラの口は思わず滑った。

「前々から思っていたんだけど。アルってちょっと変態みたいなこと、たまに言うわよね……」

「変態？　そうかな。普通のことだと思うけど。それに、レイラ以外の人間にはこんなこと思わない。僕の全部で満たしたいって思うのは、後にも先にもレイラだけだよ？」

愛が重い。

いい加減、アルベールのヤンデレっぷりにもなれてきたと思ったが、どうやらその認識は甘かったようだ。それに、とんでもないことを言っているのに、顔だけは一級品のキラキラ王子様なところがまた厄介である。そんな慈愛に満ちた表情をされると、まるでこっちの認識が間違っているんじゃないかという気分になってくる。

気がつけば、周りに人が集まってきていた。教師の中でいち早く到着したエマニュエル先生は、野次馬のようにわらわらと集まってきた生徒たちの対応に追われている。どうやらまだ状況が上手く呑み込めていないうちに人が集まりだしたので、安全のため、彼らを土の手に近づけさせないようにしているようだった。

「あれ？　……ここは？」

声が頭上から聞こえてきたのは、レイラがアルベールに支えられながら立った直後だった。見上げれば、濡れそぼったシモンが土の手に握られながら周りをきょろきょろと見渡している。

「僕が覚醒させるまでもなく、自分で目覚めたね」

アルベールは杖を一振りすると、シモンをその場に降ろした。手を模《かたど》っていた土のマナは、ず、ず、ず、と地面に沈んでいく。記憶が曖昧になっているのだろう、シモンは集まった人とレイラたちを見て、困惑したような声を出した。

「なに、この事態……」

「全部シモンくんのせいでしょ！」

ミアが顔を真っ赤にしながらシモンに詰め寄った。まさか自分が暴走しただなんて夢にも思っていないシモンは、ミアの剣幕に目を白黒させる。

「シモンくんは暴走しちゃったの！　もう！　そこまで体調がひどかったんならちゃんと言ってよ！　人に迷惑かけちゃうでしょ！」

その瞬間、レイラは人生で初めて、堪忍袋の緒が切れる音を聞いた気がした。

レイラはミアとシモンの間に割って入ると、そのまま大きく手を振りかぶった。そして、少しもためらうことなく振り下ろす。瞬間、乾いた音がその場に響き渡った。意外にも大きく響いたその音に、生徒たちの視線はあっという間に二人に釘付けになる。

「今回のことはミアのせいでしょう！」

「……へ？」

まさか平手打ちされるだなんて思わなかったのだろう、ミアは何が起こったのかわからないというような顔で自分の頬を押さえていた。そんな彼女にレイラは言葉を重ねる。

「確かに、無理をしてしまったシモンくんのせいでもあるけれど、体調が悪いシモンくんを無理矢理連れ出したのは貴女でしょ？」

「でも、私はちゃんと……」

「『体調が悪いなら言って』って、ミアはシモンくんに言ったみたいだけど、そもそもあんなに顔色が悪い人普通は連れ出さないの！　誘ったりもしないの！」

かつてない剣幕にミアはもうどうすることもできずに口をつぐむ。目尻に涙が溜まっているが、そんなもの関係ないというように、レイラは更に言いつのった。

「今まで貴女の周りには貴女を肯定してくれる人しかいなかったのかもしれないけど、そのままじゃ、いつかみんなに嫌われちゃうよ？　そんなの、いやでしょう？」

その言葉に、とうとうミアの瞳から涙がぽろりとこぼれ落ちた。

地面に落ちた滴に、さすがのレイラも少しだけ冷静さを取り戻す。

「わたし、わたし……」

「ごめんなさい。さすがに頬を叩くのはやりすぎだわ」

レイラの謝罪にミアは緩く首を振った。

「良いんです。今回のは、確かに私が悪かったんです……」

今までに見られなかった殊勝な態度に、レイラは一瞬だけいぶかしむような表情をしたが、彼女の瞳から次々に流れ落ちる涙を見てその考えを改めた。

ミアは口元を押さえながら嗚咽交じりの声を出す。

「私、シモンくんが私からの頼み事を断れないことを知ってたんです。だってミアは可愛いし、すごいから。みんなミアのお願い事をききたくなるんです。これは本能みたいなものなんです。でもそれを利用するだなんて、間違っていました！」

なんだか引っ掛かりを覚える言い方だが、本当に反省しているようなのでそこは流す。ヒロイン然とした可愛らしい顔ではらはらと涙を流すミアにシモンは「ミア……」と彼女の肩に手を置いた。

「シモンくん、ごめんなさい！　こんな私だけど、許してくれる？」

まだ状況を上手く呑み込めていないシモンが「えっと。僕のことはいいから。ミア、顔を上げて」と優しく声をかけると、ミアは顔を上げ潤んだ瞳でシモンをとらえた。そして、そのまま視線をレイラにスライドさせる。

ミアと目が合い、レイラはちょっと気圧されるように一歩下がった。

「私、頬を叩かれたのなんて初めてなんです。今までお父さんにもお母さんにも叩かれたことなんてなくて……」

「そっか。……ごめんね、痛かった？」

「痛いなんて、そんな！　むしろ、ビビビ！　ってきちゃいました」

「……ん？　ビビビ？」

よくわからない単語が聞こえてレイラは首を捻るが、そんなことなどお構いなしに、ミアはシモンの手を優しく振り払うと、レイラに一歩歩み寄った。

「レイラさんは、私のためを思って頬を叩いてくださったんですよね？」

「え、えぇ。そうね……？」

「ミア、感激しました！」

弾けるような笑みでそう言って、ミアはレイラの手を両手で取る。

「甘やかされるだけが愛じゃないんですね！　愛の鞭《むち》！　これこそが本当の愛！」

「えっと……？」

「ありがとうございます、レイラさん！　レイラさんの愛、ミアがしっかり受け取りました！」

ミアはうっとりとした顔でレイラにぐっと顔を近づけた。

「今までのことは全部ミアが悪かったです！　悪い子のミアをもっと叱ってください！　レイラさん！　――いいえ、お姉様！」

(同じ年齢なんだけどな……)

ミアの恍惚《こうこつ》とした潤んだ瞳に、レイラはそう頬を引きつらせた。


こうして、無事一人のけが人も出ることなく、シモンの暴走は処理された。被害者として誰も名乗り出なかったことと、ミアが「私が悪かったんですー！」と学園側に泣きついたことから、この一件はただの事故として扱われることになった。これにはシモンが優秀な生徒だったことと、ミアが光属性を扱える特待生だったことが大きかったかもしれない。もちろん口頭での厳重注意は受けたようだったが、二人には記録に残るような罰は与えられなかった。

そして一応、レイラはエマニュエル先生の勧めにより医者にかかることになった。闇属性の魔力を取り込んだということで魔力の波長に多少の影響は出ているものの、それ以外の問題はないということだった。ただ――

『闇属性の魔力を取り込んだ魔法使いの身体なんて、僕、初めてだなぁ。ちょっと研究用に血だけ抜いていい？　ちょっとだけだから！　我が国の今後のためだと思って！』

と半ば強引に血をそこそこ抜かれたことだけは、気になったが、あとは何も問題はなかった。

そして翌朝——

「お姉様、おはようございます！　今日のミアはちょっと寝坊して、髪の毛を櫛で綺麗に梳かさないまま学園に来ちゃいました！　お姉様、どうか叱ってください！　頬を叩いてください！」

「……遠慮しておくね」

すっかり何かに目覚めてしまったミアに、レイラは顔を強張らせながら一歩距離を取る。

登校してきたばかりで浴びるにはアクの強い言葉に、レイラがクラクラしていると、彼女を教室まで送ってきたアルベールがいつになく低い声を出した。

「レイラに近寄るな、変態……」

「アルベール様、いいえ、アルベールさん！　レイラお姉様の愛を独り占めしようったって、そうはいかないんですよ！　お姉様に一番殴られるのは、この私です！」

「……殴らないよ？」

「だからいやだったんだ。レイラは可愛いから、いずれこんな変態を引き寄せてしまうと思ってた。こんな変態の側に置いておくぐらいなら、やっぱりどこかでちゃんと僕が保護してあげないと……」

「それって保護って名前の軟禁だよねー……」

レイラの声はどちらにも届かない。

やいのやいのと喧嘩をし始めた二人を見ながら、レイラは大きくため息を吐いた。

「なんでこんなことに……」

「だから言ったろ？　お前、変人ホイホイなんだって」

一部始終を見ていたのだろう、いつの間にか隣に立っていたダミアンが苦笑いでそうレイラに話しかけてくる。「いや、どちらかと言ったら、変態ホイホイか」と彼が小さな声で訂正するのをきいて「どっちでもいいよ……」とレイラは疲れた声で答えた。

レイラは、言い争うミアとアルベールを見る。そして、そのまま視線を滑らせてダミアンの方も見た。

「んだよ？」「んーん。なにも」

そのまま、どこかほっとしたように息を吐く。なんかヒロインが変なものに目覚めてしまったが、状況としてはこれで一段落だ。レイラの魔法に関しても、このままがんばれば試験前にギリギリ及第点ぐらいまでは持って行けそうだし、なにより前よりもちょっとだけ人間関係が円滑に回り出した気がする。

つかれた。確かにつかれたが、少しだけすっきりとした気分でレイラは机に荷物を置いた。

（このまま何も起こらず、時が過ぎれば良いな）と願いながら。

そんなレイラの願いを破ったのは——

「お楽しみのところちょっと良いかな？」

凛としたその声だった。張ってもいないし、大きくもないのだが、その声はミアとアルベールの会話を止めるには十分すぎるほどの響きを持っていた。

レイラは声のした方を見て、目を丸くさせる。

「レイラ・ド・ブリュネ、君とは初めましてだね」

流れるような金糸の髪に、アクアマリンのような涼やかな水色の瞳。口元には常に笑みが浮かんでおり、歩いてくるその所作だけを見ても、どこか高貴さが感じられる。

その男子生徒はレイラの前で立ち止まると、夏の空のような爽やかな笑みを浮かべた。

「私は、ロマン・レ・ロッシェ。ハロニア王国の第三の王子って言った方が、君にはわかりやすいかな？」

「ロマン・レ・ロッシェ……様？」

彼は主人公であるミアに次ぐ、『こいまほ』の重要人物。

メイン攻略対象だった。

第三章　急転直下

その日の昼休憩、アルベールとレイラはロマンに呼び出されていた。呼び出された場所は学園内にある、王族しか使うことが許されないサロン。その部屋の中心にあるソファーに、アルベールとレイラは腰かけていた。ローテーブルを挟んで正面にあるひとり掛け用のソファーには、ロマンが足を組んで座っている。国は違えど、二人の王族に囲まれる形となった小市民レイラは、小さくなりながら冷や汗をたらしていた。

（な、なんでこんなことに……）

ことの始まりは、今朝のロマン訪問に遡《さかのぼ》る。突然、教室にやってきた彼は、レイラとアルベールを前にして、こう口を開いた。

『今日は二人と昼食を食べたいと思ってね。誘いに来たんだ』

話を聞けば、ロマンは前々からアルベールに興味があったらしい。今までにも彼は何度かアルベールに声をかけていたらしいのだが、これまでは素っ気ない返事ばかりで、二人っきりで話をする機会など設けられなかったそうなのだ。

『最近、アルベールの態度が軟化したって噂を聞いてね。今回ならいけるかもしれないと思って声をかけてみたんだ』

『お誘いは嬉しいのですが、出来ればご辞退させていただきたく思います』

めんどくさそうなのを隠すこともせず、しかし他国の王族に対する態度で、アルベールははそう言って申し出を断った。その様子にロマンは『敬語なんて使わなくても良いのに』と笑った後、レイラの肩をそっと引き寄せる。

『別に良いよ。ここまでは予想していたしね。……でも、レイラは来てくれるよね？』

『へ？』

『君でしょ？　最近アルベールと仲良くしてる女の子。アルベール自身から話を聞けないなら、君からアルベールのこと聞きたいな』

瞬間、アルベールの目が据わる。そんな彼の表情などものともせず、ロマンは更にレイラの肩をぐっと抱き寄せた。

『来るでしょ？』

『あ、はい……』

頷いてしまったのはそうするしか出来なかったからだ。肩を持つロマンの手が妙に力強かったし、自分を覗き込む彼の瞳が『ＹＥＳ』しか許してくれなかった。

レイラが頷いたのを見届けて、ロマンはアルベールに視線を移す。

『で、アルベールはどうする？　本当に来ない？　私と彼女を二人っきりにさせちゃう？』

『……行かせていただきます』

『それじゃ、決まりだね！』

そんなやりとりの末、決まった食事会である。なので、アルベールの機嫌はすこぶる悪いし、逆にロマンの機嫌はすこぶる良い。

きっかけを作ってしまったレイラは、居たたまれなさにずっと床を見つめていた。名目上は『食事会』なので、三人の前にあるローテーブルには、紅茶と軽食が並んでいる。

「まずは楽にしてくれ、ここには私と君たち二人しかいない。人払いはすんでいるし声が外に漏れないように魔法もかけてある。今朝も言ったけど、敬語は不要だよ。外でどんな身分だろうが、この学園で私達はみんな一介の学生に過ぎないからね」

ロマンの言葉にアルベールは盛大にため息を吐いた後、ソファーの背もたれに深く身体を埋めた。

「……わかった。それじゃ、とりあえずこんなところに呼び出した理由を教えてくれ。本当に僕らと仲良く昼食を食べようと思っていたわけじゃないだろう？」

警戒の色を弱めることなくそう聞いてくるアルベールに、ロマンはどこかうれしそうにうなずいた。

「いいね、アル。そういう態度の方が私も嬉しいよ。君の仮面なんかに用はないからね」

「愛称まで許した覚えはない」

「良いじゃないか。私たちはきっと仲良くしておいた方がいい。いや、実際に仲良くなくても、仲良く見えるようにしておいた方がいい。その理由は、……わかるだろう？」

「……」

「私は君のそういう聡明さが好きだよ？　出来れば本当に仲良くしたいぐらいだ」

腹の探り合いの前段階のような会話を、二人はレイラの頭上で交わす。とても場の空気が和んだとは言えないが、その会話で誰も口が開けないという雰囲気ではなくなった。

「さて、今回君たちを呼び出したのには二つの理由がある。一つは、昨日のシモン・エル・ダルクの暴走の件に関してだ」

瞬間、レイラの身体に緊張が走る。シモンが暴走したことに関して、もしかしたら自分たちにも何かお咎めがあるかもしれないと考えていたからだ。シモンは暴走した直後なので、現在学園近くの病院で検査入院をしている。

顔を青くするレイラに構うことなくロマンはこう続けた。

「今朝、シモンの血液から、使用を禁止されている違法魔法薬物の反応が出た」

「へ？」

「暴走する直前の体調不良も、暴走自体も、この薬によるものだと判明している」

淡々と説明するロマンに、レイラは声を荒らげた。

「シモンくんはそんな――！」

「わかってる。薬は彼が自分で飲んだものじゃない。おそらく飲まされたものだろう。どのタイミングでどうやって飲まされたのかはわからないけどね」

「そう断言できる理由は？」

アルベールの質問にロマンは肩をすくめる。

「薬自体がとても珍しいものなんだ。一介の学生では、まず入手することが出来ない。それに実はここ最近、シモン以外にも学園の生徒が三人ほど暴走状態になっている。原因は、シモンの身体から検出されたのと同じ薬だ。こちらは散々暴れた後、先生たちが取り押さえてる」

「そんな話――」

学園で生活しているのに、まったく聞いたことがなかった。噂でさえも耳をかすめていない。レイラは思わず息を詰める。

「騒ぎにならないように箝口令《かんこうれい》をしいているからね。目撃した生徒にも忘却薬を飲ませたし。ただ、今回はアルが派手に暴れたせいで目撃者が多い。完全に隠すことは出来ないだろうね」

非難する口調ではなかったけれど『厄介なことをしてくれたな』はちゃんと顔に貼り付けて、ロマンはアルベールの方を見た。アルベールは彼の表情を意に介することなく更に質問をする。

「その生徒たちは？」

「大丈夫、三人とも生きているよ。まぁ、シモンほど軽症ではないけどね。一人はもう少しで禁呪の刻印を使うかもってところまで行ったんだけど、結局は使わずにすんだ。何よりだよ」

「禁呪の刻印って？」

聞き慣れない単語にレイラが首を捻ると、アルベールが優しく教えてくれる。

「刻印された人間の魔力を強制的に吸い出して、今後一生魔法を使えなくする刻印だよ。本来は魔法を使う犯罪者に施される刻印で、一度刻まれると二度と元には戻らない。魔法使いには致命傷だね」

「それに、暴走状態の相手に禁呪の刻印を使うと暴走者の命に関わるからね。ほんと、使わなくてよかった」

続くロマンの説明に、レイラは「そうなんですね」と深く頷いた。確かに魔法使いを目指している学生にそれは酷というものだろう。使わずにすんだのなら、これ以上のことはない。

「……それで、僕に何をして欲しいんだ？」

アルベールがそう切り出すと、ロマンの口角が上がる。

「犯人を捕まえるのに協力して欲しい。生徒たちに薬を飲ませた実行犯はこの学園内にいる」

レイラの驚きを隠せない顔に、ロマンは笑みを強くする。

「実はこの件、実行犯はわからないけれど、裏にいる人間はもうわかっているんだ」

「え⁉　誰なんですか？」

「ニコラ、だろう？」

レイラの問いに答えたのはアルベールだった。ロマンはどこか満足そうに「正解」と頷いてみせる。レイラはひっくり返った声を上げた。

「ニコラって、ニコラ・ル・ロッシェ殿下ですか⁉」

「そう。ハロニア王国の第一王子で、私の兄だ」

（ニコラって……）

レイラは突然飛び出してきた名前に、息を呑んだ。なぜなら、ニコラ・ル・ロッシェは『こいまほ』の重要な登場人物だったからだ。

ニコラ・ル・ロッシェ。ハロニア王国の第一王子。まだ立太子はしていないものの、次期国王に一番近いとされる人物だ。性格は残虐非道。目的のためにならば何を犠牲にしても構わないという考えの持ち主で、平和ボケをしている国と国民のために戦争を起こした方がいいと本気で思っている性格破綻者だ。

ゲームでニコラは、ロマンルートのラスボスとして登場する。

実は、ロマンの兄である第二王子ファブリス・レ・ロッシェは、ニコラの策略により殺されており、ロマンはそれからずっとニコラのことを恨んでいたのだ。国民のためにも、ニコラよりも自分が王になる方がマシだと考えており、ロマンは反逆の機会を虎視眈々と狙っているのである。

そんな復讐の炎に燃えるロマンを癒やすのがミアである。彼女は復讐にとらわれているロマンの心を救い、最後には二人でニコラの策略を打ち破る。そして、王位を継ぐことになったロマンとミアは一生添い遂げるのだ。

文句なしのハッピーエンド。文句なしのメインルートである。

ロマンは足を組み替えながら、更に続ける。

「先ほど私は、シモンたちが飲んでしまった魔法薬のことを『とても珍しいもの』と説明したけど、正確に言うなら、あれは王家が管理している魔法植物からつくられる魔法薬なんだ。だから、あの魔法薬をどうこうできるのは、王家の人間以外あり得ない」

「ニコラ殿下は、なんのために……」

「それは私にもわからない。使われていた魔法薬の配合と量からして、何か実験をしていたのかもしれないとは思っているんだけどね」

実験と聞いて、なんだか背筋が寒くなる。ニコラは生徒を使って一体何の実験していたというのだろうか。

（ロマンルートでは、こんな話存在しなかったわよね。ニコラはなんで……って、あれ？）

レイラが首をひねってしまったのは、わずかに違和感を覚えてしまったからだ。なんだか妙に引っかかる気がする。同じような展開をレイラはどこかで見たことがあるような気がするのだ。

（でも、誰のルートだろう。どこの話？　サブイベントでこんな話ってあったっけ？）

レイラがそんな風に頭を悩ませている間にも、ロマンの話はどんどん進んでいく。

「私は、この事件を好機とみているんだ。ニコラを王位継承戦から蹴落とすのに、またとない好機だとね。君たちだって、少しはニコラの噂を耳にしたことがあるだろう？」

聞いたことがないといえば嘘になる。特に第二王子であるファブリスを無実の罪で殺したという噂はレイラの耳にも届くぐらい有名だし、それ以外にも彼には恐ろしい噂が絶えない。ただ、現国王がニコラを認めていることと、強き王を求める声が大きいので、彼は未だに王位継承権第一位に居座り続けているのだ。

「ニコラの手で王家が管理している魔法薬が持ち出された。しかも学園で使われた。となれば、ニコラを次期国王にと推している人間も、今後は推しにくくなるだろう？　そのためにはこの学園にいる実行犯を見つけて、ニコラに自分がやったことを認めさせる必要がある」

「実行犯は良いとして、ニコラ殿下はそう簡単に自分のやったことを認めるでしょうか？」

「そう、それが問題なんだよ。正直実行犯の方は虱潰《しらみつぶ》しに探せばいつか見つかるとは思うんだ。だけど実行犯が見つかったからといってニコラが自分の罪を認めるはずがない。だからアルの力を借りたいんだ。君ならニコラに自分の罪を認めさせることが出来るんじゃないか？　ほら、闇属性の魔法は、僕らが確認していないものも多いじゃないか」

「闇属性の魔法は、そこまで万能じゃない」

「わかっているよ。その上で聞いているんだ」

アルベールは逡巡した後、こう口を開く。

「相手を傷つけても良いのなら、いくらでも認めさせることが出来る。だけど、そうもいかないんだろう？」

「まぁ、相手は王位継承権第一位の人間だからね。君が傷つけると国際問題だし、私が傷つけると反逆か謀反って扱いになるだろうね。それに、本人に魔法を使った痕跡が残ってもアウトだ」

「それなら無理だ」

「本当に？」

「少なくともいまは思いつかない」

「そうか。それなら、仕方がないな」

本当に諦めているかよくわからない調子でロマンはそう言って、前のめりになっていた身体をソファーの背もたれに預けた。

「それなら、目的の二つ目だ。アル、私と友人になってくれないか？」「は？」

「友人。出来れば、何があっても私を裏切らない友人になってほしいんだ。それこそ親友のような、ね？」

「つまり、お前のカードになれってことか……」

アルベールの低い声に、ロマンは「そういうことだね」と事もなげに頷いてみせる。

「私が王位を取るためにはニコラを蹴落とすだけではダメだ。実力も権力も人脈もある仲間がいる」

「仲間、ね」

「セレラーナで人間兵器と恐れられる君と仲が良いっていうのは、それだけで価値があることだろう？　その上で、私たちが協力して今回のことを解決したという事実があったら、なおいいよね」

「……くだらない」

アルベールはそう言って立ち上がり、「行こう」とレイラにも声をかけてきた。レイラは一度思考を止め、促されるままに立ち上がる。そして、ロマンに頭を下げた。隣を見ればもうアルベールは扉の方に歩き出しており、レイラは彼の背中を駆け足で追った。

「レイラ！」

アルベールの手が扉にかかる直前、ロマンにそう呼び止められた。レイラは振り返る。

「君がアルの飼い主なんだろ？」

「はい？」

「私もきいてるよ。『猛獣使い』の噂。飼い主なら、彼がちゃんと正しい方を選べるように指導してやってね？」

「えっと……」

「今回のこと、特に私の友人になることについては、彼にとっても悪い話じゃないと思うんだけど」

（猛獣使い、とか。飼い主、とか。指導、とか……）

ソファーに座ったまま余裕の表情でそう言うロマンに、一拍置いて、なんだか胸がムカムカしてくる。不快感、というのが一番正しいのだろうか。先ほどからのロマンの言動が頭の中を巡り、遅れて頭が熱くなってくる。

気がつけばその不快感が口から飛び出していた。

「アルは、動物じゃないです！」

「え？」

「あと、兵器でもないです！　カードでもないです！」

アルベールは驚いた表情で「レイラ？」とこちらを見下ろしてくる。

「確かに、ちょっと犬っぽいときもありますけど、それはそれというか！　……だからそんな風に言わないでください。アルが可哀想です！」

そこまで言い切ってハッとした。自分は何てことを言ってしまったのだろう、と。相手は自国の王族な上にメイン攻略対象で、こっちは没落寸前のモブだ。自分はそんなことを言っていい立場で

はない。しかも、アルベールだってレイラに庇われて嬉しいかどうかわからない。

改めて正面を見れば、ロマンは驚いた顔でこちらを見つめていた。その表情にレイラの顔色はますます悪くなる。

「し、失礼します！」

あまりの居たたまれなさに、レイラは頭を深々と下げた後、扉に手をかけてアルベールより先に部屋から飛び出すのだった。


「ごめんね、レイラ」

アルベールがそんな落ちこんだような声を出したのは、サロンを出てしばらく経ってからだった。王族専用のサロンへ続く廊下だからか、そこにはレイラとアルベール以外の人影は見られない。思いも寄らぬ言葉にレイラは「え。なにが？」と隣にいるアルベールを見上げた。

「僕のせいで、変なことに巻き込んだ」

「巻き込んだ？」

何を言っているのかわからないレイラは目を瞬かせる。すると、アルベールは人差し指を立てて、まるで子供に説明するような口調になる。

「レイラは今、僕と一緒にロマンの話を聞いたよね？」

「うん」

「それは、ロマンは今回起こった暴走の件を利用して、ニコラを次期国王の座から落とそうとしているって話だったよね？」

「そうだね」

「現在の王位継承権はニコラが一位で、ロマンが二位。ハロニアの国王は今のところニコラに王位を継がせる気でいる」

「らしいね」

「つまり僕らが聞いた話は、ハロニア国王の意に沿うものではないことは確かだよね？」

「あ……」

ようやくアルベールが何を言いたいのか理解したレイラは、足を止めて頬を引きつらせる。

ハロニア国王が望まない王位継承戦の片棒を担いでしまったかもしれないと、アルベールは言っているのだ。

「ああいうのは聞いた時点で日和見《ひよりみ》が出来なくなるやつだからね。つく方を間違えないようにしないと……」

「間違えたらどうなるの？」

「例えば僕らがロマンについたとして、ニコラが王位を継いじゃったら、ニコラは僕らのことをなんとしても排除しようとするだろうね」

「排除……」

「そうじゃなくても、ロマンについたということが明るみになった時点で、ニコラの性格上僕らのことを許さないだろうね」

「……」

この世界でのニコラのことは知らないが、ゲームでのニコラはかなり残虐非道な描かれ方をしていた。そもそも彼は、自分の弟でありロマンの兄であるファブリスを殺しているし、大臣だろうが側近だろうが、それが気に入らない人間ならば、ありもしない罪を着せて殺してしまうという噂も聞く。

そんな彼に狙われたらと思うと、一気に顔から血の気がひいた。

怯えているのが伝わったのだろう、アルベールはいつの間にか握り締めていたレイラの手をそっと包み込んだ。

「大丈夫。何があっても守るから」

「わ、私だって、がんばってアルのこと守るわよ！」

「さっきみたいに？」

「さっき？」

さっきが何を指すのかわからずレイラが首を捻ると、アルベールは包んでいたレイラの手をそっと口元に近づけた。

「ああいうことをさらっとやるから、僕はレイラが大好きなんだよ」

「アルが何を言ってるかわからない……」

「良いんだよ。わからなくて」

そう言って彼は嬉しそうに笑う。何が何だかよくわからないレイラは再び首を捻るが、（まぁ、アルが幸せそうだから良いか……）と考えることを放棄した。

（それにしても、何か忘れている気がするんだけど、なんだったかなぁ……）

レイラの胸にはなんだか嫌な予感が渦巻いていた。

◆
◇
◆

そうだ、彼と出会ったのは叔父さんの家に預けられているときだった。

川のほとりで見つけた『アル』という名前だけしか知らない少年。顔はまだ思い出せないけれど、優しくて落ち着いた声だけは思い出せる。

『レイラって、料理ができるんだね』

ベッドから上半身を起こしたアルの手には、おかゆの入った木のボウルがあった。それはレイラが小屋の中にあるかまどで作ったもので、彼女の初めての料理だった。

アルはおかゆをひとさじ掬うと、口に運ぶ。そして『うん、美味しい』と頬を緩ませた。

『本当に美味しい？』

『美味しいよ』

『ほんとのほんとう？』

『うん。本当の本当』

レイラが作ったおかゆは水っぽくてベチャベチャしていて、お米もふっくらとしていない。なのに、混ぜ方が悪かったのか底の方は焦げていて、味見をするとちょっと苦みも感じた。

『僕より小さいのに、すごいね』

アルはそんなことなど気にせず、おかゆを口に運ぶ。『美味しい』と言っている彼の声は決して無理などしておらず、咀嚼する口角は常に上がっていた。

（また作ってあげよう）

レイラは出来損ないのおかゆに恥じらいを感じながらも、そんな風に思っていた。


レイラは寮のベッドで目を覚ました。先ほどまでの映像が夢だということは起きてすぐに理解できて、それが過去の記憶だろうということもなんとなくだが認識できた。

ここ最近、なぜかこれと同じような夢ばかり見るのだ。アルの夢、過去の記憶。

忘却していた記憶が蘇っているのだろうとは思うのだが、その理由だけはわからなかった。

「どうして最近になって思い出すようになったんだろ……」

レイラは上半身を起こしそう呟く。

窓から入った風で白いカーテンがふわりと揺れた。

◆◇◆

「ええ⁉　アルがお休み？」

ロマンとの話し合いがあってから一週間後。レイラがその話を聞いたのは、ダミアンからだった。登校してきたばかりの彼女は、ダミアンの言葉に目を丸くする。

「みたいだぞ？　寮で噂になってた」

「そっか。だから今朝、迎えに来なかったんだ……」

レイラは妙に納得したような声を出す。いつもなら寮の前で待っているアルベールが今日に限っては見当たらず、もしかしたら先に登校したのかもしれないと、彼女は一人、教室まで歩いてきたのだ。

「なんか体調を崩したらしいぞ」

「体調を？」

「先生たちがそんな話してたらしい」

レイラはダミアンの隣に荷物を置きながら「そっかー」と声を漏らした。自分で聞いていてもその声はどこかそわそわとして落ち着きがない。そんな声を聞いたからか、それとも前々からそう思っていたのか、ダミアンはこちらに向かって身を乗り出してきた。

「なぁ、お前。アルベールのこと、好きなのか？」

「へ⁉」

「今まで、アイツに振り回されて恋人役とかなんとかしてるんだと思ってたんだけど、なんか最近マジで仲がいいし。迫られてるの見ても、お前もまんざらじゃないっていうか……」

「そ、そんなわけ……」

そう否定の言葉を口にしかけたが、続かなかった。なぜなら、レイラ自身も自分の気持ちがわからなくなってきていたからだ。特に、アルベールとキスをしてしまってから、わからなさに拍車がかかった。だってキスがいやじゃなかったのだ。恥ずかしかったし、緊張したし、びっくりはしたけれど、少しもいやじゃなかった。

キスがいやじゃない相手。それはもう、好意がある相手、じゃないのだろうか。それとも、レイラの中であれはキスにカウントしていないのだろうか。確かにキスと言うよりは救命処置と言った方が適切かもしれないが、嫌いな人から同じような救命処置を受けたら、多少はモヤモヤが残るんじゃないのだろうか。

「どうなんだろ」

「俺に聞くなよ。自分の気持ちだろ？」

「そう、なんだけど……」

レイラはしばらくうつむいて考えた後、かぶりを振った。こんなもの長々と考えていても仕方がない。いつか勝手に答えが出る、とまではいかないが、もしかしたらまだ答えを出すタイミングではないのかもしれない。

彼女はため息一つで気持ちを切り替えた後、窓の外に視線を移した。そこにはアルベールがいるだろう、寮が見える。

（アル、大丈夫かな……）

年上のことをとやかく言うのはあれだが、アルベールは、人に頼る、とか、お願いする、といった行為がとても苦手そうだ。風邪なのに一人で部屋に閉じこもって『寝てれば治る』を徹底し、しんどい思いをしていそうである。

「お見舞い、行こうかなぁ」

「はぁ⁉」と声を荒らげたのは隣のダミアンだった。どこで話を聞いていたのか、後ろからミアも話に割って入ってくる。

「お姉様！　アルベールさんのお見舞い行くんですか⁉　危険です！　あんな独占欲が服を着て歩いているような人の部屋、行かせられません！　ミアは反対です」

「いや、でもさぁ……」

「いくら風邪で弱っていても、男は狼なんですよ⁉　今度はキスじゃすまないかも！」

「ちょっと！　ミア、声大きいって！」

人差し指を立てて、しっ、と声を出す。幸いなことに朝の喧噪に紛《まぎ》れて彼女の声は他の人に届いていないようだった。しかし隣にいたダミアンにはバッチリ届いていたようで、彼は頬を引きつらせた。

「キスってお前……」

「ち、違うの！　あれは人工呼吸みたいなもので！」

「人工呼吸、ねぇ？」

「ほ、本当だからね！　現にアルだって、まったくなんとも思ってない感じだったし！」

「でも、結構しっかりしてましたよね？」

「ミアは黙ってて……」

頬を染めながらそう言えばミアは「わかりましたよぉ」と口を閉ざした。

「アイツはどんなことしても顔には出ないだろ？」

「そんなことないよ？　結構、顔赤らめたりするし……」

「はぁ？　あのアルベールが⁉」

信じられないというような声を出しながらダミアンは慄いた。

「だからまぁ、アルは気にしてないと思う」

「ということは、――お前は気にしてんじゃねぇか」

「それは、………まぁ」

視線を逸らすレイラにダミアンは意味ありげに「なるほどな」と呟く。

「でもまぁ。見舞いに行くなら、クラスに寄ってけば？　届けなきゃなんねぇものとか一緒に持って行ってやれよ」

「うん。そうだね」

頷いたレイラの顔を、ダミアンはじっと見つめる。

「お前、マジで行くのか？」

「え、うん。そのつもりだけど」

「……なんか、はじめてアイツに同情したくなったな」

ダミアンのため息と言葉の意味がわからず、レイラは一限目の準備をしながら首を捻るのだった。

放課後、レイラの姿はアルベールの部屋の前にあった。

セントチェスター・カレッジの学生寮は男女寮で、一階に談話室や図書室、小食堂や簡単な炊事場などといった共用のスペースがあり、二階に上がる階段から男女に別れている。

入り口から見て右の階段が女子寮に通じていて、左の階段が男子寮に通じている。本当はそれぞれの寮に異性が入ることは禁じられているのだが、先生が常に見張っている状況ではないので、禁止も形骸化してきているのが現状である。

それでも見つかると結構なお叱りと罰が待っているし、抜き打ちで先生も来たりするので、みんなほどほどにきちんと節度は守っている感じである。

部屋の位置はあらかじめダミアンに聞いていたので迷うことなどなかったが、こうして扉を前にするとなんだか妙に緊張するし、躊躇してしまう。なんていったって、目の前にあるのは男性の部屋なのだ。異性の部屋に入るなんて、前世を通してもはじめての経験である。

（迷惑だったら、どうしよう……）

ノックするために掲げた手を握りしめ、レイラはじっと目の前の扉を見つめる。しかし、そうしていても何も始まらないと、彼女は思い切って目の前の扉をノックした。

二回。返事はない。

もう二回。やっぱりなにも反応がない。

（あれ、もしかして留守かな？　それとも中で寝てるとか？　……倒れているとかは、ない、わよね？）

一度頭にそんな考えが浮かぶと、心配でそわそわと落ち着かなくなる。寝てるのならばいいが、倒れているのなら一大事だ。アルベールの見舞いに来る人間が他にいるとは思えないし、ここでレイラがほうっておいたら、彼は倒れていても誰にも見つけてもらえないということになってしまう。

レイラはドアノブに手をかけ、呼吸を整える。

きっと部屋には鍵がかかっているだろう。そうしたら諦めればいい。鍵を壊してまで部屋の中に入ることはないのだから。

そんな逃げ道を作りながら、レイラはドアノブを回した。すると彼女の考えとは裏腹に扉は素直に開いてしまう。もうこれは、入って確かめるしかないだろう。

「お邪魔します……」

レイラは小さな声でそう言いながらアルベールの部屋に入った。部屋の大きさはレイラの部屋と同じぐらいで、間取りも、置いてあるものもさほど変わらない。ベッドとサイドテーブル。勉強をするための机に、大きめのクローゼット。一人掛け用のソファーに、壁には本棚。

レイラは無意識に息を殺し、部屋の中に入ると、ベッドに目を向けた。そこには、思った通りにパジャマ姿のアルベールが眠っている。額にはわずかに汗が浮かび、少し寝苦しそうにしていた。

（しんどそう……）

ひとまず倒れていなかったことに安心したが、どう見ても無事そうには見えない。レイラはベッドにいるアルベールをのぞき込み、額に手を当てた。

（熱いな）

ピークは過ぎた感じだが、まだ平熱ではない。これは頭を冷やすようなものを持ってきた方がいいかもしれない。ベッドの隣にあるサイドテーブルには水差しと、水を飲んだ後のコップしか置いてなかった。水の入った桶とタオルぐらいは後から持ってきた方がいいだろう。

そんな風に考えながらアルベールの額から手を退かそうとしたときだった。いきなりレイラは布団から伸びてきた手に手首を取られた。手首を掴んだのは当然アルベールで、その力は手首の骨が軋むほど強い。

「いっ——」

「……なんだ、レイラか」

手首を掴んでいた手が一瞬にして握力をなくす。アルベールを見れば、彼は薄く目を開いていた。まだ完全に覚醒しているわけではないらしく、目の焦点は定まっていない。

「アル、大丈夫？」

「んー……」

まったりとした声を出し、アルベールは手首を掴んでいた手を今度はレイラの頬に伸ばした。そして頬を二、三度撫でた後、今度は耳の方に手を伸ばし、指の腹で形を確かめる。

「アル？」

「すっごい、リアルな夢」

「もしかして、ねぼ——」

寝惚けてる？　そう聞くはずだったのに、最後まで音にならなかった。気がついたらレイラは布団の中に引きずり込まれていた。腹部と肩の方に回る力強い腕。背中の方からは、いつもより高い体温と、いつもより荒い呼吸を感じる。

「レイラ、冷たくて気持ちが良い」

「ちょ、ちょ、ちょ、ちょ！　どこ触ってるの⁉」

後ろから頬ずりをされ、脇腹の方をさすられた。シャツの着崩れたところから指が入り込んで素肌を撫でられる。絡んでくる足が、ただひたすらに恥ずかしくて、ちょっと泣きそうになった。まるでアルベールの体温が移ったかのようにレイラの体温が急上昇する。

やばい。これはなんとなく、いろいろとやばい気がする。

「ちょ、ちょっと、アル。これは――」

「ねぇレイラ、キスしよ」

「へ？」

「あと、キスの続きも」

（キスの続きってなに――⁉）

レイラは声にならない叫び声を上げた。もう何が何だかわからない。どう反応するのが正解なのかもわからない。アルベールはレイラの耳に甘えるような声を落とす。

「一回したんだからいいでしょ？」

「あ、あれはキスじゃなくて、人工呼吸みたいなものだって――！」

「あれはキスだよ」

「でも！」

「レイラ、知ってる？　魔力なら、口以外からでも送れるんだよ？」

思いもよらない暴露に、レイラの口から「へ？」という間抜けな音が漏れた。

「可愛い、レイラ。騙されて、可愛い。僕の可愛い、レイラ」

うわごとのようにそう言って、アルベールはいつの間にかレイラの上に来ていた。

……上に来ていた。

………上。

（あ、押し倒されてる……）

これには呼吸が止まった。

彼の両腕はレイラの顔の横にあり、アルベールはじっとレイラを見下ろしている。なんとなく、なんとなくだが、これは結構な貞操の危機な気がする。

「やっぱり隠しちゃいたいなぁ。こんなの見たら誰だって好きになっちゃうもんね？　みんなレイラのことが好きになっちゃうよ」

「そんな……」

「手枷は痛くないのが良いよね。足枷も、レイラの足が傷つかないのがいいし。部屋は、地下室がいい？　塔みたいな高いところがいい？　それとも隠し部屋かな？　僕だけしか入れない部屋って最高だよね」

いつも通りのヤンデレ発言だが、状況が状況なだけになんだか生々しい。

アルベールは更にレイラと距離を詰めてくる。さっきまで手のひらがあった場所に彼は今度は肘をついて、レイラを覗き込む。もういつでもキスできる距離だ。

「レイラは誰にだって優しいんだけど、僕はそれが心配だよ」

「あ、あの、アル⁉」

「ねぇ、レイラ。僕以外の誰にも触らせないで」

「へ？」

「誰とも話さないで。誰にも微笑みかけないで。誰にも感情を動かされないで。誰のことも助けようとはしないで。誰にも優しくしないで」

彼の両手がレイラの頭をそっと固定した。

「僕以外の誰も、心に入れないで」

（わあああぁあぁぁぁぁ！）

もう無理だ。これはもう無理。本当に無理。

恥ずかしいし、苦しいし、緊張でどうにかなってしまいそうだ。心臓だって、さっきからおかしな速度で脈打っているし、変な汗ばかりが出てくる。もしかしたら、このまま爆発してしまうのかもしれないな、なんて変なことを考えてしまうが、でもやっぱりこれは爆発してしまう。どっかんだ。どかーん！

「大好きだよ、レイラ。大好き。大好き。すごく好き」

唇にアルベールの吐息を感じた。もう数センチという距離にお互いの唇がある。

（アル、寝惚けてるんだよね⁉　寝惚けたままキスしちゃうの？　え？　それって――）

「ねぇ、レイラ。いい？」

「いい……わけがないでしょ！」

レイラは顎を引き、思いっきりアルベールに頭突きを食らわせた。

ごっ、といい音がして、アルベールは一瞬のけぞる。そしてそのまま身体が落ちてきた。彼の下から抜け出したところで、額を赤くしたアルベールがレイラの方を向く。その焦点は今度はしっかりと合っている。彼は珍しく驚いたような顔をしていた。

「えっと。もしかして、夢じゃ、ない？」

「ゆ、夢なわけないでしょ！」

レイラは自分の身体を抱きしめるようにしてそう叫んだ。


「ごめん。夢だと思って調子に乗った」

さすがにばつが悪いのか、アルベールもレイラと視線を合わせずにそう謝った。

アルベールはベッドの中で身体を横たえた状態で、レイラはベッドの側に椅子を持ってきてそこに座っている。彼は天井を見上げながら、ははは、と乾いた笑みを漏らした。

「どうりで、いつもの夢よりリアルだと思ったんだよね」

「いつもの夢って。夢でいつも何してるのよ……」

「……聞きたい？」

「き、聞きたくない！」

レイラは慌てて耳を塞いだ。

そんなの、聞かなくたってわかる。わかってしまう。きっと先ほどレイラにしたようなことを夢でしているのだろう。もしかしたらもっと進んだことをしているのかもしれないと思ったが、それ以上は経験不足で想像すら出来なかった。レイラは恨めしげな声を出す。

「アルのえっち……」

「うん」

（肯定⁉）

まさか肯定されると思わなくてレイラが固まっていると、アルベールはまったく恥ずかしがることなく「男の子だからね」と言葉を付け足した。それになにをどう返せば良いのかわからないレイラは、まるで酸欠の金魚のように口をパクパクとさせる。

「レイラ、かわい――」

可愛いと言いかけて、アルベールが咳き込んだ。顔を赤くしていたレイラもこれにははっとしたような表情になり、彼の背中を撫でた。

「大丈夫？」

「うん、平気」

「本当に？」

「平気じゃなくても、レイラが来てくれたんだから、きっとすぐに平気になるよ」

アルベールは、目を細めながら優しく笑う。その表情にレイラの心臓がおかしな音をたてた。そして同時に、ダミアンの言葉が頭に蘇ってくる。

『なぁ、お前。アルベールのこと、好きなのか？』

『今まで、アイツに振り回されて恋人役とかなんとかしてるんだと思ってたんだけど、なんか最近マジで仲がいいし。迫られてるの見ても、お前もまんざらじゃないっていうか……』

（いやいやいやいやいや！　確かに、さっきのも嫌とかじゃなかったけどさ！）

否定したい気持ちがあるのに、否定できる要素がない。状況は限りなく『好き』に傾いているのだが、これといって決め手がないのも確かなのだ。

「というか、一人でここまで来たの？」

アルベールの質問にレイラは我に返る。そして「うん」と頷いた。

「ダミアンがついていこうかって言ってくれたんだけど、なんだか申し訳なかったし……」

（それに、ダミアンとお見舞いに来たら、アル、ヤキモチ妬きそうだしね……）

言葉には出せないが、レイラなりに気を遣ったつもりだ。なのに、そんな彼女の思いとは裏腹に
アルベールは声を低くした。

「今度から一人でこっちには来ないでね。ダミアンでも誰でも良いから、誰かと一緒に来て」

「へ、どうして？」

「どうしても」

「理由がないと従えないわよ」

アルベールはしばらく黙った後、「怖がらせたいわけじゃないんだけど」と前置きをした。

「例えば、この学園に悪い男子生徒がいたとする。その男子生徒が男子寮の廊下を一人で歩いているレイラを見かけたら、部屋に無理矢理連れ込もうとするかもしれない」

「あ」

正直、そこまで考えていなかった。

アルベールは膝の上に置いてあったレイラの手を取ると、指を絡ませてきた。

「僕はレイラを傷つけたいわけじゃないし、人を殺したいわけじゃない」

「えっと、……殺すの？」

「殺す。できるだけ残虐な殺し方で殺す」

淡々と真面目なトーンでそういう辺りが、彼の本気さを伝えてくる。アルベールが怒りっぽいと感じたことはないが、ことレイラに関してのみ沸点がヘリウム並になってしまうような気がする。

「あんまり危ないことしないで。僕の部屋に入りたいなら、僕と一緒にいるときにして」

「もしかして、来ない方がよかった？」

「ううん。来てくれて嬉しいよ」

指の腹で手の甲を撫でられる。

たったそれだけのことなのに妙に恥ずかしくなって、レイラは慌てたようにサイドテーブルに置いていた紙袋を引き寄せた。中にはりんごと、りんごを切るためのナイフ。それと食堂から借りてきた皿とフォークが入っていた。

「り、りんご持ってきたよ！　切ってあげるね！」

「りんご？」

「うん！　おかゆとかも考えたんだけど、アルが寝てたら冷えちゃうと思って！」

レイラは持ってきた皿をサイドテーブルに置き、まな板代わりに紙袋を敷く。そして、りんごに刃を当てた。

「おかゆ、か」

「あれ？　アル、おかゆ食べたかった？　もし食べたいなら、作ってきてあげようか？」

「うん。後からで良いから、久しぶりにレイラの作ったおかゆが食べたいな」

「久しぶり？」

「あ……初めてだっけ？　なんか夢で何度も作ってもらっていた気がしてた」

誤魔化すようにそう言って、アルベールはレイラから視線を外した。その仕草を見ながら、レイラは今朝見た夢のことを思い出していた。

川のほとりで見つけた『アル』という少年。彼はアルベールじゃない。アルベールではないと思うのだが、もしアルベールだったとして、きっと彼はそれを否定するだろう。おそらく彼は、その過去をレイラに思い出して欲しいと思っていない。

なんとなく、そんな気がする。

りんごを切りながらレイラがそんなことを考えていると、アルベールがしみじみとした声を出した。

「風邪って良いね。誰かが駆けつけてくれるのって、なんだかくすぐったい。こんなのはじめてだ」

「はじめて？」

「セレラーナじゃ、誰も僕には近寄ろうともしなかったからね」

その告白に、レイラはりんごを切っていた手を思わず止めた。アルベールは自嘲気味にふっと息を吐き出す。

「医者でさえも触れてこなかったよ。ま、別に良いんだけどさ。薬さえくれれば……」

「寂しかった？」

「どうだろ。レイラと知り合うまでは、それが普通だったからな。人間ってさ、不思議なもので、甘いものを与えられるまで、この世に甘いものが存在するなんてこと想像が出来ないんだよ。熱を測ってもらうときの手のひらの感触とか。心配しているときの相手の表情とか。気遣ってくれる言葉とか。温かいおかゆとか。全部、レイラに会うまで知らなかったんだ。……だから、よくわからない。何かずっと物足りない気はしていたけどね」

「それは、寂しかったんじゃないかな」

「寂しかったのかな」

本当にわからないのだろう、彼は首を捻りながら苦笑いを浮かべる。

「今は寂しくない？」

「レイラと出会ってから、寂しくないよ」

そこまで言ってから、アルベールは「なんか今日は変なことばっかり言ってる気がするな」と困ったような顔をした。

「なんか、今後すごく不幸になる気がする……」

「どうして？」

「最近、幸せすぎるから。なんか、一生分の運を使ってる気がする」

レイラは「そんなわけないでしょ」と笑って、剥いていたりんごの最後の一かけをお皿に載せた。

「はい、むけたよ」

「わ。ウサギだ」

「りんごのウサギ、もしかして、はじめて？」

「はじめてだって言ったら、笑う？」

「笑わない」

身体を起こしたアルベールの口角が上がる。その表情がなんだか子どものように見えて、レイラは思わず、りんごのウサギを手に取り、彼に差し出していた。

「はい。あーん」

「え？」

「あ、えっと……」

そこで固まられると、なんだかいたたまれない気持ちになってくる。別にこれに深い意味はないのだ。相手は病人だし、喜んでくれてるし、子どもみたいだし。なんというか、してあげたくなったただけなのだ。

いつまで経っても固まっているアルベールに、レイラは差し出していた手を戻しそうになる。しかしその直前でアルベールに手首を掴まれた。彼はレイラの手首ごとりんごを口元に寄せて齧り付く。そのまま二口、三口、と彼は齧り付いて、とうとうレイラが手で持っているところしかなくなってしまう。

(も、もしかして、指ごと食べられるなんてことは……！)

レイラがそう緊張していると、アルベールはあーんと口を開けた。どうやら、いれて、ということらしい。レイラは最後の一かけをアルベールの口の中に転がした。アルベールの口が閉まる直前、彼の唇がレイラの指先に当たり、電気が走る。

「いつもと逆だね。ありがとう、美味しかった」

手首を掴んだまま、彼はそう言って微笑んだ。

瞬間、レイラの呼吸は浅くなる。

(なんか、いろいろとやばい気がする)

どう説明すれば良いのかわからないが、なんかやばい気がするのだ。やばい。

感情の蓋が開いた、と表現するのが良いのだろうか。それとも、穴に落ちそうという感じだろうか。もしくは何かが芽吹きそうな気がする。やばい。とにかく落ち着かないとやばい。

やばいやばいやばいやばい。

「私、そろそろおかゆ作ってくるね！」

気がついたら、弾かれるように立ち上がっていた。勘の悪い彼が「レイラ？」と首を捻るが、あえてレイラはそれを無視した。いまはちょっと、いろんなことに反応が出来ない。

しかし、ドアノブに手をかけた瞬間、レイラはすぐさま冷静さを取り戻した。

「あれ？」

「ん？」

「な、なんか、扉が開かないんだけど……？」

アルベールが「え？」とらしくない声を上げる。

二人の視線の先にある扉のドアノブは、何故か金色から黒色へと変化してしまっていた。

「えっと、話を整理するね。つまり、体調不良のせいで、アルの魔力が軽く暴走状態になっちゃっていて、私たちをここに閉じ込めたってこと？」

「暴走っていうか、暴走のだいぶ前段階だけどね。ちょっと制御が利かなくなってる感じで。ほら、体調が悪いときに魔法を使おうとするとなんか変な方向に飛んでいったりするでしょ？　状況的にはあれと同じ、なんだけど」

「魔法が変な方向に向かうのと、閉じ込められるのが同じ状況……」

レイラの心象風景に宇宙が広がる。なるほど、意味がわからない。

「でもなんで、閉じ込められるって話に……」

「前に僕が暴走の話をしたの、レイラは憶えてる？」

「え？」

「ほら、シモンが体調を崩したとき」

「あぁ……」

レイラの脳裏にそのときのアルベールの言葉が蘇る。あれは確か、倒れているシモンを医務室に連れて行ったときの会話だ。

『魔法は、魔力値が高い人間ほど体調や感情の変化に左右されやすいからね。シモンの魔力値は扱いに気をつけないといけないレベルだと思う』

「そのときも言ったように、魔法は体調と感情に左右されるんだよね。で、見ての通り、僕はいま体調があまりよくなくて、それで、いつも以上にレイラに帰らないで欲しいと思ってる」

「……はい？」

「ついでに言うと、閉じ込めて誰にも見せたくないとは、常に思ってる」

「……つまり？」

「暴走ぎみの魔力が、僕の願うとおりの部屋を作っちゃったってこと、かな？」

願望が具現化した部屋、ということか。閉じ込められた事実も恥ずかしいが、部屋の成り立ちを聞くとますます恥ずかしくなってくる。

「前にも一度、同じようなことがあってさ。体力的にも精神的にも追い詰められちゃったとき、『もう魔法なんて使えなくなればいい』って願っちゃって、大切なときに何もできなくなったことがあったんだ」

「魔法なんて……？」

「うん。あれ以来、気をつけていたつもりだったんだけど、駄目だね。気が抜けちゃってたのかな？」

アルベールは困ったような顔で微笑む。自身の魔法を嫌悪していたなんて、初めて聞いた話だ。いつのときの話なのか。どうしてそんな風に思ったのか。もっと突っ込んで話を聞いてみたかったけれど、これ以上安易に踏み込んでもいいのかわからなくて、レイラは口を噤んだ。代わりに聞いたのはこれからのことだ。

「えっと、どうやったら開くのかはわかる？」

「これは、君のことを独り占めしたいとか、外に出したくないとか、そういう僕の願望が作った部屋だから、多分その辺が満たされれば勝手に開くと思うんだけど……」

「その辺が満たされれば？」

「キスでもしてくれたら、開くんじゃないかな？」

「……」

完全に『〇〇しないと出られない部屋』である。まさかこんなツブヤイッターに流れる二次創作漫画みたいな展開が自分の身に降りかかるなんて、思ってもみなかった。

軽くめまいを覚え、レイラは頭を抱えた。何というか、今日一日でいろいろいっぱいいっぱいになっている気がする。疲れた様子のレイラに、アルベールは申し訳なさそうな顔になった。

「なんか、ごめん」

「え？」

「最初はさ、ただ一緒にいられればよかったんだ」

「最初？」

「結婚しようって言ったときのこと」

旧校舎で縛られて、いきなりプロポーズされたときの話だ。そんなに前の話でもないのに、レイラは「あぁ」と懐かしむ声を出した。

「ただ一緒にいたくて、見返りなんてそれ以上なにも求めていなかったはずなんだけど。最近レイラが近い気がしてさ、ちょっと欲張りになっていたみたい」

アルベールはそこまで話すと、ベッドから降りようとした。

「ごめんね。すぐに出してあげるから」

「え？　出れるの？」

「うん。元々、これは僕の魔力だからね。少し、無理をすれば問題なく開けられるよ」

「少し、無理を……？」

（ただでさえ、体調が悪いのに？）

レイラははっとして、立ち上がろうとしていたアルベールを再びベッドに座らせた。そして彼の肩を押して、ベッドに彼の背中を押しつける。思いも寄らぬレイラの行動にアルベールは目を見開いていた。

「レイラ？」

「大丈夫！　アルは寝てて！」

「でも……」

「いま無理する必要はないよ！　ほら、寝てたら状況がよくなるかもしれないし！　そもそもこれって体調がよくなれば良いんでしょ？」

「でも、このままじゃ帰れないかも……」

「門限までにはなんとかなるでしょ！　それまで、お話ししていよう？」

いつにないレイラの強硬な姿勢に、アルベールは身体の力を抜いた。とりあえず、その案で納得してくれたらしい。レイラはアルベールに布団をかけ直しながら、「そういえばさ……」と前々から思っていたことを切り出した。

「どうしてアルは結婚にこだわるの？　最初のときもいきなり『結婚しよう』って」

「それはもちろん、レイラのことが好きだからだよ」

「でも、それにしては恋人にはならなくてもいいとか言ってなかった？」

「恋人にならなくていいとは言ってないよ。そのプロセスが不必要だと言っていたんだ。ま、今は恋人になれてよかったと思っているけどね」

「恋人、ね」

「わかってるよ。レイラが別に、僕をそういう意味で好きじゃないことぐらい」

だから大丈夫、というようにアルベールは笑う。その表情はレイラの気持ちが自分に向いてるかもしれないなんて少しも思っていなそうだ。

「ただそうだね、僕が君と結婚したい理由だけど。それが僕の考えうる、君を幸せにする方法だから、かな？」

「アルと結婚したら必ず幸せになれるってこと？」

「ふふふ、もちろんそうなれるように努力はするけどね」

「違うの？」

「僕はこう見えて裕福なんだ」

「はい？」

そんなの王子様なんだから当然だろう。そう思っている隣で彼は淡々と語り出す。

「もし、次に戦争が起きたとき、僕は前と同じように前線に駆り出されると思う」

「へ。戦争？」

「その戦争が終わって次の戦争が始まっても前線に向かわされるし、大きな内紛があっても駆り出されるだろう。小競り合いぐらいならあれだけど、民族紛争が激化してもそうだし、もし誰かを暗殺するって話になっても、もしかしたら向かわされるかもしれない」

まったく見えてこない話にレイラは「えっと、だから？」と困惑したような声を出した。

「僕は父と約束してるんだ。僕が死んだとき、もし家族がいたら、その家族に多額の報奨金を出して、その後の人生は干渉しないでやって欲しいって。母も早くに亡くなっているし、兄弟もいないま、腹違いの兄はいるけどね。……レイラと結婚していたら、僕が死んだときのお金や財産は全て君のものだろう？」

「……そんな」

「僕は他に何も持ってないんだ。人との繋がりは皆無だし、名声もない。王族という身分も、相手が僕だからね。枷にはなっても得にはならないだろう？　だから、これが君に渡せる全てなんだ。僕は僕の全部を使って、君を幸せにしたかったんだ」

辛い顔一つ見せず、むしろ楽しい未来の話をするように彼は語る。その未来予想図には自分はいないのに、彼はどこまでも満足そうだった。

「そ、そんなの嬉しくない！　アルが死んだときのお金で裕福になっても全然嬉しくない！」

「レイラは優しいね」

「こういうのは優しい優しくないの話じゃないでしょう？」

何故か泣きそうな顔になってしまったレイラに、アルベールはますます優しい顔つきになる。

「大丈夫だよ。レイラの幸せが僕の幸せだから」

「私はアルも一緒に幸せになりたいよ？」

「レイラはいつもそうやって、僕のことを幸せにしてくれるよね」

「あのね――」

レイラの声は、大きな鐘の音にかき消された。時計を見れば、もうすぐ七時になろうとしていた。そろそろ寮にいないのはまずい時間になってきた。特にレイラは奨励生だ。夜の点呼の時間に男子生徒の部屋にいました、は非常にまずい。本格的になんとかしないといけない。

アルベールは身体を起こし、「どうする？」と聞いてくる。アルベールに無理をしてもらって開けてもらうか、レイラがここでキスをするか、その二択の『どうする？』だ。

「キス、したら出られるの？」

「多分？　……してくれるの？」

「で、出られないの困るし……」

「赤くなってるレイラ可愛い」

「そういうこと言う、アルは嫌いよ」

レイラは立ち上がり、アルベールを見下ろす。こちらを見上げてくる彼の顔の輪郭に指先を這わすと、なんだか指がピリピリしてくる。

「というか、アルからするんじゃダメなの？」

「していいの？」

「するよりは、恥ずかしくないもの」

「ごめん。実はいま、とってもしてもらいたい気分なんだ」

「なんでそんな気分になってるのよ……」

願望が具現化しているのならば、アルベールからのキスでは開かない可能性がある。

もうこれで本当に逃げ場がなくなった。

レイラは意を決したようにアルベールの頬を両手で包んだ。アルベールは更にその上から彼女の手を包む。

「目、瞑ってよ」

「やだ」

「なんで？」

「レイラからしてくれるんでしょ？　見たいな」

「見せたくない！」

「でも見る」

　まるで子供が駄々をこねるようにアルベールはそう言ってレイラをじっと見上げた。どうやら本当に目を瞑る気がないようだ。

　レイラはしばらく迷った後、ゆっくりと顔を近づけた。アルベールはこちらを見ているけれど、レイラは彼のことを直視できなくて、ぎゅっと目を瞑ってしまう。アルベールの気配が近くなって、わずかな呼吸音が耳をかすめた。目を瞑っているのでわからないが、きっともうアルベールの顔はすぐそこまで迫ってきているだろう。

　唇に彼の吐息を感じる。

　レイラが息を呑んだそのとき――

「お姉様！　ご無事ですか!!　って、…………あ」

　扉が勢いよく開く音とともに、ミアのそんな声が聞こえた。アルベールの顔を掴んだまま声のした方向に視線を向ける。そこには、やっぱりミアがいた。しかも更に最悪なことに、その後ろには頬を染めるダミアンとシモンまでいる。

「悪い。まさか本当にそんなことになってるとは」

「ぼ、僕は誘われたから……」

「わ、私のお姉様が！」

彼らは三者三様の反応を見せながら、明らかに良い雰囲気だっただろう二人から視線を外した。一方のレイラは、まるでさび付いたブリキのような緩慢な動きで、アルベールに視線を戻す。そして、これ以上ないぐらいの震えた声を出した。

「アル、どういうこと？」

「ごめん。どこかの段階で、ある程度満たされちゃったらしい」

身体が震えたのは、怒りからか、それとも羞恥からか。レイラはアルベールの顔を離すと、彼から数歩距離を取った。そして、しっかり肺と腹に空気を溜めてから、こう大きな声を出す。

「アルのばかぁあぁぁ！」

◆◇◆

アルベールのお見舞いから数日後、寮の談話室でそのやりとりは行われていた。

「アル、そこをどいて」

「いやだ。君をあんなところには行かせない」

「そんなに心配しなくても、大丈夫だから！」

「レイラが大丈夫でも、僕が大丈夫じゃない」

談話室の壁とアルベールとの間にレイラはいた。彼はレイラが逃げないように両腕で閉じ込めているだけなのだが、傍から見てそれは立派な壁ドンで。話しかけては来ないものの、寮生の注目の的になっていた。困り顔のレイラにアルベールは更に身体を寄せてくる。

「ねぇ、レイラ。本当に行かないといけないの？」

「行かないといけないの！」

「本当に？」

「もう、バイトぐらいすんなり行かせて！」

十月も後半になり、ハーフターム《中休み期間》が始まった。ハーフタームは一週間程度で、この期間に実家に帰るものもいれば、寮に留まって自由に過ごすものもいる。またこの期間は、金銭的に辛い学生のため、学園の承認を得ればバイトをしていいということになっていた。なので、試験を無事クリアしたレイラもバイトをはじめていたのだが……

「僕は何もレイラがバイトをするのが嫌なんじゃないんだ。いや、出来れば人目に触れるようなことは極力して欲しくないんだけど、それでもレイラがどうしてもっていうんなら何も言わなかったよ。僕が気に入らないのは、バイト先を紹介してきたのが、あのロマンだってことで……」

「でも別に、バイト先にロマンがいるわけじゃないんだからいいじゃない」

そう、アルベールが駄々をこねる理由がこれだった。どうやらアルベールはレイラとロマンをどうやっても近づけたくないらしい。きっと前の話し合いで警戒をしているのだろうとは思うのだが、ちょっと過剰反応だ。もちろんレイラだってすすんでロマンに近づきたいわけではないが、学園が認めるようなお上品なバイト先のあてが、他になかったのだから仕方がない。

『一応、ウチは名門校だからね。居酒屋とか宿屋みたいな所は大体ダメだし、公的な施設のような場所じゃないとバイトはさせてくれないと思うよ』

『レイラが嫌じゃないのなら、私のツテを紹介してあげるよ？　どうしてもしたいんでしょう？バイト』

ということで、ロマンにお世話してもらうことになったのである。

紹介してもらったバイト先は、王立図書館だ。

レイラはいつものように駄々をこねるアルベールを振り切り、バイト先へ向かった。

（ほんと、ロマン様々だわ……）

レイラは本の整理をしながら、ほぉっと息をつく。本も元々好きだし、仕事内容もそんなに難しくはない。時給も良いし、暗くなる前に帰してもらえるところもすごくポイントが高かった。なにより一緒に働いている人たちがとても良い。

（今回の試験はなんとか合格したけど、水の魔法が不得手なのは変わらないし。いつ奨励生を剥奪されるかわからないんだから、今のうちに少しでもお金を貯めておかないと！）

自分のバイト代で学費が賄《まかな》えると思えないが、それでもないよりはある方がいいだろう。もし何かあったときに少しでも足しになるよう今からでも貯めておきたい。

「私もミアみたいな特待生になれれば良いいんだけど……」

本を元の位置に戻しながらレイラはそうぼやいてしまう。あの枠は何か特殊な技能等がないとダメなのだ。当然、レイラにはそんなものはない。

（なんか最近、いろいろなことがいっぱいいっぱいな気がするな）

バイトもしなくちゃならないし、勉強もしなくちゃならない。ロマンの言っていたことも気になるし、ニコラの動向も気になる。その上、『アル』の夢もよく見るようになったし、アルとの関係も、自分の気持ちもわからない。

（ってか私、アルのヤンデレ治すのも後回しになってない？）

前よりはマシになってきてはいるものの、アルベールのヤンデレは健在だ。常に生きるのに必死すぎて、目の前の目的も消化できない。

「レイラちゃん。もしよかったら、こっちの整理もお願いしたいんだけど……」

女性の職員にすれ違いざまにそう頼まれ、レイラは「わかりました！」と元気よく返事をする。

（とにかくいまは、バイトに集中しないとね！）

バイトが終わったのはそれから五時間後だった。午前中からはじめたのにもかかわらず、図書館を出る頃にはもう日が傾いている。レイラは上を見過ぎて凝り固まった首をくるくると回しながら「あー、つかれた」と情けない声を出した。

「レイラ、お帰り」

図書館から出たところでそんな声が聞こえて、レイラは顔を向けた。

「アル⁉」

「迎えに来た」

「ずっと外で待ってたの？」

驚いたのは彼が外で待っていたことだった。レイラが知っている彼ならバイトしている最中でも図書館に入ってきて、レイラにべったりとくっつくはずだ。アルベールは上着を脱ぐとレイラの肩にかけた。

「ダミアンが入るなって言うからね」

「へ？」

「アイツ、『図書館に入って邪魔したら、絶対にレイラに嫌われるぞ』って……。だから外で待ってたんだ」

アルベールの言葉にレイラは「へぇ……」と少し感心したような声を出してしまう。以前の彼なら、ダミアンの言うことなんか絶対に聞かなかった。むしろ言葉自体を耳に入れなかっただろう。そんな彼の忠告を聞くなんて、レイラの知らないところでアルベールの人間関係も前進しているのかもしれない。

（もしそうだったら、少し嬉しいな）

レイラは唇を緩ませる。

そうして二人は並んで帰路につく。先に口を開いたのは、アルベールだった。

「ねぇ、レイラ。明日の三十一日はバイト入ってる？」

「三十一日？　入ってないけど」

「一緒にお祭り回らない？」

「お祭り？」

「三十一日、収穫祭があるでしょう？」

「あぁぁあぁー！」

レイラがそう声を荒らげたのは、前世の記憶を思い出したからだ。

十月三十一日、前世で言うところのハロウィン。その日に起こるアルベールのバッドエンドがあったのだ。そのバッドエンドはとても珍しく、二周目以降のこの日にしか起こらない。しかもランダム発生するイベントなので、レイラもゲーム内で一度しか見たことがなかった。

そのイベントは、アルベールがミアをお祭りに誘うところから始まる。ミアがその誘いを受ければ、そのまま何事もなくルートを進むのだが、誘いを断るとバッドエンドに突入してしまうのだ。

バッドエンドの内容は、何者かの手によってアルベールが薬を飲まされ、暴走するというものだった。そのバッドエンドは通称、死のハロウィンと呼ばれ、大勢の人が亡くなったあげくに、そのせいで戦争が起こってしまうという悲惨なもの。起こることがあまりないので存在を忘れていたが、アルベールのバッドエンドの中でも割と重めのバッドエンドだ。

（アルを守らないと！）

いままでの話を総合するに、きっと薬を盛るのはニコラだ。ゲームではどうやって薬を盛るのかまでは明記されていなかったので、これは一日側について彼を見張るぐらいのことはしても良いかもしれない。

　なんだか様子がおかしい彼女にアルベールは「レイラ？」と首をひねる。レイラはそんな彼の手をぎゅっと握った。

「うん！　一緒にいよう！　明日は一日、ずっと一緒にいよう！」

◆　◇　◆

「レイラ、もしかして何か隠し事してる？」

アルベールにそう聞かれたのは、翌日——収穫祭当日のことだった。

二人がいるのは街の中にある主要な通りの一つ、クレオメ通り。

この日のために久々に下《お》ろした水色のドレスを着たレイラは、隠れていた建物の陰から顔を出し、真剣な顔であたりを確かめた後、「どうして？」と背後のアルベールに聞く。

　彼女の問いに、アルベールは怪訝な顔で首を捻った。

「なんか、いつにもまして言動がおかしいから。もしかして僕ら、誰かに狙われてるの？」

「そ、そんなわけないじゃない！」

「それならどうして、さっきから僕らはコソコソしてるの？」

「な、なんとなく？」

「なんとなく？」

珍しくアルベールがいぶかしむような声を出す。

「なんとなくなら大丈夫じゃない？　あらかじめ、認識阻害の魔法をかけているわけだし」

「それはそうなんだけど……」

「なんだけど？」

「えっと……」

煮え切らない態度に我慢ならなくなったのか、アルベールはレイラが身を隠している建物の壁に手をつけ、彼女を見下ろした。

「え？　ア――」

「ねぇ、レイラ。もし何か隠しごととかしてるなら、今のうちに言っておいてね？」

「へ？」

「いまならまだ笑って許してあげられそうだからさ。もし僕に、何か危険なことを隠していて、それが原因でレイラが取り返しのつかないことになったら、……わかってるよね？」

「あ、はい……」

怯えたように返事をしてしまう。もうわかってる。さすがにわかっている。この状態でレイラが危ない目に遭ったら、次に目が覚めたときは檻の中だ。もしくは鍵がかかった地下室か降りることの出来ない塔にいるはずである。

（でも、私に前世の記憶があります。未来っぽいものがわかります。……なんて、言って信用されるわけないじゃない……）

レイラがそう深いため息をついたときだった。

何かが、パーン、と空で弾けた。音のした方に顔を向けると、何かが空でキラキラと輝いている。一番近いのは光に照らされた水滴、だろうか。もしくは、小さな宝石を空に撒いたようにも見える。

「わ。綺麗……」

「魔法薬を練り込んだ日中専用の花火だね。もっと近くで見てみる？」

「え、でも！」

「レイラが何を警戒しているのかまったくわからないけど、こんな風に壁に隠れてたらお祭りに来た意味なくない？　もし何かあっても、僕が守ってあげるからさ」

そう手を差し出され、レイラはしばらく悩んだ後にそれを取った。彼は微笑んで歩き出す。

（こういうところは、ちゃんと王子様なんだよなぁ……）

普段からかっこいいが、こういうところはやっぱりちょっとキュンときてしまう。大きな手のひらも、広い肩幅も、男性特有の太い首も、見れば見るほど、なんだかそわそわとしてくる。胸のあたりがくすぐったくて、なんだかそのくすぐったさを認めたくない自分が心臓で大暴れしているような感覚だ。

しばらくしてレイラたちは祭りのメイン会場である広場に着いた。午前中だというのに、そこはもう人があふれており、耳元に口を近づけないと隣にいる相手の声でさえも聞こえないという喧噪に包まれていた。昨日から準備していた臨時の屋台がいくつも並び、大道芸人が曲芸を見せて人々を楽しませている。

「あ！　あそこの軽食美味しかったよね？」

レイラが指す先には、例のケバブのような軽食を売っていた店があった。アルベールもそれに目を留めて、少しだけ懐かしそうな声を出す。

「あぁ、あそこか。……もう一度食べる？」

「まって！　まだちょっとお腹すいてないから、もうちょっとあとで考えてもいい？」

「いいよ」

アルベールのバッドエンドのことは気になるが、『来た意味がない』と言うアルベールの言葉も尤もだ。ゲームでは暴走するのは夜だったし、昼間は警戒しつつもお祭りを楽しむのも手かもしれない。それに、レイラだけ上の空というのも、せっかく誘ってくれたアルベールに申し訳ない。

（そもそもバッドエンドの条件が、『ミアがアルベールの誘いを断ったら』なのよね）

もしもレイラがミアの役割をこなしているのならば、このまま何も起こらない可能性もある。それならばレイラがここで警戒をするのは徒労ということになるだろう。

レイラがそんなことを考えていると「レイラ、見て」とアルベールが手を引いてきた。彼が視線で指す先には可愛らしい雑貨屋がある。

「レイラ、ああいうの好きそうじゃない？」

「すき！」

声を大きくしてそういえば、「それじゃ行こうか」と彼は目を細めて歩き出す。

その雑貨屋はまるでおもちゃ箱をひっくり返したような雑然さがあった。それなのに商品はきちんと整頓されていて、それだけでどんなものが見つかるのだろうとわくわくしてくる。表に並んでいる商品はどうやらセール品らしく、レイラはその中の一つに目をつけてしゃがみ込んだ。

「アル！　これなに？」

レイラがそう言ってアルベールに差し出したのは可愛らしいぬいぐるみだった。見た目は熊とウサギと猫を足して三で割ったような姿で、お腹のところには赤い魔法石が埋め込まれている。

「あぁ、子供用の魔道具だね。おもちゃだよ」

「へぇ。魔道具で作られてるおもちゃってあるのね。……どうやって使うの？」

「そこを押してみて」

そう言ってお腹の部分を指さされた。レイラは言われた通りに押してみる。

すると——

『こんにちは！　ぼくピオ！　よろしくね』

まるで本当の生命のように動きながら、人形はレイラの手の上で一礼した。

「うわぁ！　かわいい！」

「簡単に言うと、動くぬいぐるみだね。簡単な受け答えなら出来るように設定されているみたいだよ」

アルベールの説明を聞いていると、ピオはレイラの手のひらにちょこんと座った。そして可愛らしい笑みを見せる。

『ぼくより、おねえさんの方が可愛いよ！　ぼくはおねえさんみたいな人、だいすき！』

「わぁ、嬉しい！　私もピオのこと、大好きだよ」

『本当？』

「うん。本当！」

ぬいぐるみとそんな会話をしていると、アルベールの気配がわずかに不穏になる。どうやら彼が嫉妬する対象は、人間だけに留まらないらしい。

「お嬢ちゃん、いいだろそれ。寝るときに話し相手になってくれたりもするんだぜ？」

そう言って話しかけてくれたのは、店の主人だった。可愛らしい雑貨屋とは対照的な大柄の厳つい男だ。着ているエプロンにはクマの刺繍がしてある。話を聞けば、今日だけで何人もの女生徒がこのぬいぐるみを買ったらしい。

「いいなぁ。私も買おうかなぁ」

「僕がいるのに、それが欲しいの？」

「……アルとぬいぐるみは違うでしょ？」

「レイラがしたいなら、僕はぬいぐるみ扱いでも構わないよ？　それとも変身薬を飲んで、夜はぬいぐるみとして一緒に過ごしてあげようか？　話し相手にならなら僕がいくらでもなってあげるよ？」

「結構です」

レイラがぴしゃりとそう断ると、店の主人が話に割って入ってくる。

「変身薬だったら、今日限定で良いもの売ってるぞ。試飲してみるか？」

「出来るんですか？」

「あぁ、時間は短いけどな」

店主はそう言って店の奥に引っ込んでいってしまった。数分後、戻ってきた彼の手にはおちょこほどのコップがあった。中を見れば、わずかに液体が揺蕩っている。

「はい、嬢ちゃん。兄ちゃんも飲むか？」

「僕は良いです」

「これって、飲んだら何になれるんですか？」

「それは、なってみてからのお楽しみだ。ま、お試しだから変身の効果も一分程度だがな」

レイラは渡された小さなコップを呷った。すると、喉が一瞬だけカッとして、ぼん、と煙に包まれる。煙が引いたのはそれから数秒後だった。レイラは身体を確かめる。

「これで変身したの？」

手のひらを見る限り、何かに変身した感じはない。店主が「あぁ、そこに鏡があるから見てみな」と顎をしゃくるので、置いてあった鏡でレイラは自分の姿を確認した。

「わぁ！」

感動したような声を出してしまったのは、変身薬というものを初めて飲んだからだった。

鏡の中には、いつもと違うレイラがいた。彼女の頭には髪の毛と同じ色の三角形の耳。お尻からは尻尾が生えている。

「これって、猫？」

「猫、みたいだね」

「不思議だね！　こんな風に変身するんだー！」

レイラは鏡を見ながら、はしゃいだようにそう言った。

「アルは飲まないの？」

「猫耳の生えた男なんて、別に可愛くもなんともないからね？」

「そーかなー？」

首を捻ると、アルベールが覗き込んでくる。

「レイラは可愛いよ？」

「あ、ありがとう……」

そう言っている間に変身薬の効果が解ける。ぽん、と、また煙に包まれ、次の瞬間には頭から猫耳が消えていた。


それから昼食を食べてその後もいろいろな催し物を見て回った。収穫祭だからか、市場はどこの場所よりも盛り上がっていたし、食べ物屋も多い。世界で一番魔法が飛び交っている街とも言われている場所だからか、舞台では魔法での催し物も多かった。魔法が使える人間からすればたいしたことないものでも、魔法が使えない人間から見れば手品のように見えるらしく、舞台は常に大盛況だった。

そんなこんなで、気がついたら夕方になっていた。

レイラはベンチに座り、足を前に投げ出す。歩きすぎてちょっと足が痛いぐらいだ。

「あー、楽しかったー！」

「楽しかったようで何より。僕はちょっと飲み物買ってくるね。レイラも歩き回って喉が渇いたでしょう？」

「うん。ありがとう」

「どういたしまして」

アルベールは背を向けて歩き出す。レイラはその背を見ながら、アルベールのバッドエンドのことを思い出していた。

（もしかして杞憂だったのかな……）

今日一日一緒にいて、それっぽいことはなにもなかった。ただ本当に二人でお祭りを楽しんだというだけだ。

（というか、そもそもアルにどうやって薬を飲ませるんだって話よね）

レイラには穏やかに対応する彼だが、警戒心は人一倍ある。そんな彼に薬を飲ませるだなんて、レイラが考えるに不可能に近いことだろう。

祭りの本番は夜だが、念のために早めに帰ることだけ提案しとけば、おそらく今日は何も起こらないだろう、レイラがそんな風に考えていたときだった。

「う、うぅぅ」

小さな子供の泣き声が聞こえてきた。声のした方を見れば五歳ぐらいの男の子が蹲っていた。レイラは放っておくことが出来ず、少年に声を掛ける。

「どうしたの？」

「ふぇ？」

目を真っ赤にした少年が顔を上げる。そしてレイラを見てますます泣きそうになった。レイラはそんな少年を宥めながら「えっと、何か困りごと？　お姉ちゃんに言ってみて！」と慌てて声を掛ける。すると少年は、ぐちゃぐちゃになった顔を手のひらで拭いながらこう口にした。

「風船が、ひっかかっちゃって……」

「風船が？」

「妹に渡そうと思って、買ったやつだったんだ……」

なけなしのお小遣いで妹に風船を買ったが、飛んでいってしまい木かなにかに引っかかってしまったということだろうか。それは確かに泣いてしまうかもしれない。

レイラは少年の目の前にしゃがみ込むと「どの辺に引っかかったの？　この近く？」と首を捻った。すると少年は「うん。すぐそこ」と道の先を指した。そして、縋るような目を向けてくる。

「おねえちゃん、取ってくれる？」

「うん。いいわよ」

少年が差し出してきた手をレイラは取った。

「あぁ、でも待って。アルに話しておかないと！」

「アル？」

「一緒にお祭りに来た人。いきなりいなくなったら心配をかけちゃうでしょう？」

そう言って、レイラはアルベールを探そうと少年から視線を外し、辺りを見回した。そこで異変に気がつく。

「あれ？」

いつの間にか周りに人がいなくなっていた。祭りの会場はそのまま、座っていたベンチもそのまま、屋台も、花屋も、舞台もそのまま。なのに会場から人が消え失せていたのだ。まるでこの世からレイラと少年以外の人間が忽然と消えたかのように見える。あれだけしていた音もいつの間にかなくなっていた。

あまりの出来事に、レイラは少年の手を握ったまま立ち上がった。

（どうしよう、これってもしかして――）

誰かの魔法によるものだろうか。そう思ったとき、少年がレイラの手を強く引いてきた。

「オネエチャン、イコウ」

「きゃあぁぁ！」

叫んでしまったのは少年の目が抜け落ちたように真っ黒になっていたからだ。少年の手は力強く、人間ではあり得ないぐらいの力でレイラを引っ張っていこうとする。というか、きっと彼は人間ではない。誰かが召喚した悪魔や魔物の類いだろう。

（このままじゃどこかに連れて行かれるかも――）

そう思い、全力で掴まれている方の腕を引いたが、人と人ならざるものの力の差は歴然で、レイラはその場から一歩踏み出してしまう。

瞬間、周りの景色が変わった。

表現としては、剥《は》がれ落ちた、というのが適切だろうか。景色がいくつもの紙となって剥がれ落ち、周りに散っていく。そうして、目の前に現れたのは、朽ちた教会だった。その教会の敷地にレイラは立っている。知らない場所だ。背中の方で祭りの喧噪が聞こえる。きっと先ほどのは転移魔法だったのだ。発動条件はレイラが少年の手を握ってしまうこと。

ただそれだけのために召喚されたのか、レイラの手を握っていた少年はいつの間にかいなくなってしまった。

「やばい」

（ここから逃げないと――）

誰が何のためにレイラをここまで連れてきたのかわからないが、きっとろくなことではないだろう。レイラは慌てて踵を返したが、そこから一歩も踏み出すことが出来なかった。なぜなら、目の前に人がいたからだ。その人物はレイラの額に金属の筒を押し当てている。自分の額にあたっているのが銃口だと気がつくと同時に、レイラは目の前にいる人間の顔もしっかり視認した。

ロマンとよく似た金髪を後ろで一つに結んだ彼は、これまたロマンと同じような整った相貌を楽しげに歪め、レイラを見下ろしている。

「ニコラ――」

「ばーん！」

ちょっと調子はずれな声とともに、その場に銃声が轟いた。同時にレイラがその場に崩れ落ちる。

「だーまされた」

そこには、無邪気に笑うニコラ・ル・ロッシェの姿があった。

◆　◇　◆

時間は少し前に遡る。

アルベールがその異変に気がついたのは、レイラに背を向けて少し歩いたときだった。背後で確かにしていたレイラの気配が、突然消えたのだ。振り返るとやっぱりレイラはいなくなっていて、辺りを見回しても見つけることが出来なかった。


「レイラ？」

声がわずかに震える。呼吸が浅くなり、体温が一気に下がったような心地になる。

急いでベンチに戻ると、かすかに魔法の痕跡《こんせき》を感じた。これはもしかして、もしかしなくても、誰かがレイラを攫ったということだろうか。アルベールは慌てて追跡魔法で探そうとするが、それも何者かの手によって途中から剥がされてしまっていた後だった。

あまりの出来事に止まりかけた思考を無理矢理動かす。視線を巡らせば、魔道具屋に目が止まった。店頭で大々的に売っているのは、鳥形の灯り――ワゾーである。

アルベールは店に駆け寄り、カウンターを叩く。店主がびっくりした顔でアルベールを見た。

「これを全部売ってくれ」

「へ？」

「金は払う。これを全部売ってくれ」

「いや、うちはお金さえもらえりゃ良いけど……」

気圧されたように店主がそう言う。アルベールは懐から出した財布を乱暴にカウンターに置くと、かごの中に入ったワゾーを全て持ち出す。まだ起動していないワゾーはどこからどう見てもただの鳥のおもちゃだ。本当ならば一つ一つスイッチを押して起動させるのだが、アルベールはそんなことなどせず、それらに命令した。

『起きろ』

魔力を込めたのだろう。アルベールの目がわずかに発光し、髪の毛が浮いた。瞬間、かごに入っていたワゾーたちが一瞬で目覚め、次々と飛び立っていく。彼らはアルベールのところに留まることなく、四方八方に散っていった。

光を纏った鳥が一斉に飛び立つ。その光景を観光客たちはどうやらショーと勘違いしたらしく、一斉に声を上げていた。

アルベールはそんな声に構うことなく片目を隠す。上空を飛ぶワゾーたちと視界を共有しているのだ。

レイラを見つけたのは、ワゾーを飛ばしてから数十秒後だった。アルベールのいる場所から少し離れた朽ちた教会の敷地内で、レイラが倒れている。走って行けばここから五分とかからない場所だ。行ったことがある場所ではないので、転移魔法は使えない。

レイラのいる場所を確認した直後、アルベールは人混みをかき分けるように走り出した。

レイラの元にたどり着いたのはそれからすぐのことだった。大通りからそんなに離れてはいないものの、祭りで人が広場に集中しているからか、それとも人払いの魔法をかけているからか、教会の近くに人はいなかった。

アルベールは教会の敷地に入り、レイラに駆け寄る。

「レイラ！」

レイラは気絶しているだけに見えた。外傷はないし、魔力値も安定している。こんなところで倒れていなかったら眠っているだけと勘違いしたかもしれない。それぐらいなんともなかった。

アルベールはレイラの身体をぎゅっと抱き寄せる。とりあえず彼女が生きていた事実に涙が出そうなぐらい安心した。そうしていると、背後で何者かの気配がした。アルベールはレイラを抱きしめたまま立ち上がり、気配のした方向をむいた。

「久しぶりだね、アルベール。会いたかったよ」

そこには、ニコラがいた。久しぶり、と言ったのは外交関係で何度か顔を合わせたことがあるからだろう。しゃべったことはほとんどないが。

ニコラはロマンと似た金髪を後ろで括り、すごく嬉しそうな笑みを浮かべている。それはまるで、欲しかったおもちゃをようやく手にした、子供の笑みのように見えた。

アルベールはニコラの言葉に応えることなく、黙ったまま彼を睨み付ける。それでもニコラの笑みは崩れない。

「噂で、一人の女の子にご執心だって聞いたんだけど、君、そういう感じの子がよかったんだね。意外だよ。もっと美人系が好みなのかなって思ったのに」

「……レイラに何をした？」

「怪我はさせてないよ。見ればわかるだろう？」

のんびりとした声にいらだちが募る。怒りが全身を巡り、行き場をなくして手のひらに籠もった。握り締めた拳はわずかに震えてしまっている。

「暢気《のんき》に話す気分じゃないんだ。聞いた事柄にだけ答えろ。レイラに何をした？」

脅すようにそう言えば、ようやくニコラも肩をすくめた。そうして口が開く。

「ちょっと薬を身体の中に入れただけだよ？」

「薬？」

「遅効性の魔法薬だよ。もちろん死んじゃうやつね。いろいろ混ぜてるから症状もいっぱい出るんだけど、……聞きたい？」

「……」

「そうだよねぇ、もちろん聞きたいよねぇ。症状がわからないと解毒も難しいもんねぇ。実は僕も全部は把握してないんだ。でも、アルベールのためにしっかり思い出すね！」

ニコラはおどけた調子で顎に手をやり「うーん。えっとねぇ」とわざとらしく演技をして見せた。

「そうだな。身体がしびれて、内臓が溶けて、手足の筋肉が断絶して、喉が潰れる。そんな薬だったよ。囚人で何度も確かめたんだ。痛くて苦しいのに悲鳴も上げられなくて、最後には潰れた喉で必死に『もう殺してください』って何度も懇願するんだ。でも殺してあげないんだけどね。……ね？　いい薬だろ？　自信作なんだ」

はしゃいだようにそう言うニコラに、アルベールの目はだんだんと死んでいく。

光という光をなくした目には、絶望が映っているかのようだった。

「ふふふ、いくら君が天才だからって、ここまで薬を混ぜたら解毒できないでしょ？　頭で理解できるもの以外はどうにも出来ないもんね？　あぁ、わかっているとは思うけど、これは生身の体じゃないよ？　今ここに居る僕を殺したって、本体には何の影響もないからね？」

「……僕に何をさせたいんだ？」

「ん？」

「僕に何かをさせたいから、こんなことをしているんだろう？」

「そう、正解」

ニコラは手を叩き、懐から白くて小さな包みを取り出す。それを広げれば、赤い小さな玉が入っていた。

「これは薬だよ。ほら、君の学友が飲んだ、強制的に暴走を引き起こす薬。これは、それのすごく強いやつ。アルベールには、これを今夜八時、祭りが最高潮になったときに広場で飲んで欲しいんだ」

「……」

「君の暴走、とっても素敵だと思うな。広場の中心で暴走したら一体何人が死ぬんだろうね」

「……何が目的なんだ？」

「僕はこの国の王族だからね。望むのは唯一つ。国民の幸福だよ」

さも当たり前のようにそう言って、彼は両手を広げてみせる。

「この国の人間、君のところの国民に比べてたるんでいると思わない？　それもそうだよね、この国で起こった最後の戦争がもう五十年も前なんだから。みんな戦争を知らないし、この国は平和だと、ずっと戦争が起こらないと思い込んでいる。でもそれじゃダメだと思わないか？　もし隣国に、それこそ君の国に攻め入られたら、この国はひとたまりもない。兵の熟練度はたりないし、国民の士気だって低い。十中八九負けてしまうだろう？」

本当に戦争が国民のためになると思っているのだろう、ニコラの弁は熱い。

「だから僕らは定期的に戦争をする必要がある！　いざというときに国を守れるように、危機感を身につけておかないといけないんだ。それに、戦争は経済を回す。仕事のないところに仕事が生まれるんだ。最高だとは思わないか？　国民を守ることが出来る上に経済も回せる。そして、あわよくば土地も手に入るんだ！　戦争は利益しかもたらさないんだよ？　僕はもっとこの国に戦争をしてもらいたいと思っているんだ」

「つまり、僕を戦争の引き金にするのか？」

「うん、そういうこと。話が早くて助かるよ」

どこまでも陽気に、どこまでも軽く、彼はそう頷いた。

「君が大暴れすることによって、広場にいる何の罪もない人間が大勢死ぬ。僕はそれを理由に君の国に攻め入って、罪のない君のところの国民を沢山殺そう。そしたらほら、なかなか終わらない戦争の完成だ！　しかも、戦争の舞台は君の国だから、僕らの土地は穢《けが》さずにすむ。その上、こちらには大義名分がある。周辺諸国だって協力してくれるかもしれない。絆だって深めることが出来るんだよ」

「……」

「なんで僕なんだって顔だね。だって、君がいるセレラーナに勝てる気がしないじゃないか。僕は負け戦をする気はないんだ。沢山殺して、沢山殺されて、長く長く続く戦争をしたい。だから、すぐに戦争を終わらせてしまいそうな君の存在は、とても邪魔なんだよ」

アルベールは奥歯を噛みしめながら唸るような声を出す。

「でも、君が彼女にご執心でよかったよ。本当はさ、君に直接暴走する薬を打ち込む予定だったんだ。でもほら、失敗して返り討ちに遭いそうじゃない？　その点、彼女は普通の人間だからね。君の目を盗む必要はあったけど、比較的簡単だったよ」

「……」

「おいおい、そんな怖い目で睨まないでくれよ。これは君が悪いんじゃないか。彼女に入れ込んでしまった君が悪い。あんなに堂々とアキレス腱を見せつけられたら、切らないわけにはいかないじゃないか」

「……レイラはどうやったら助かるんだ？」

「言っただろう、薬は遅効性だって。今からだと、ちょうど八時過ぎぐらいに彼女の身体に毒が回り始める。君が薬を飲んでくれたら、僕の手のものが彼女に解毒薬を渡そう。信用できないのなら、そういう魔法契約を結んでも構わないよ。約束を守らなかったら、僕が死ぬような魔法契約でも構わない」

アルベールはぎゅっとレイラの身体を抱き寄せる。骨が軋みそうなぐらいに強く抱き寄せているのに、彼女の目は一向に開かない。もしかしたらこのまま彼女の目が開かないんじゃないかと思ったら、足元から崩れ落ちそうになる。

「まぁ、いろいろと考えを纏めときたいよね？　八時まで待っていてあげる。君が約束の時間までにここに来なかったら、契約が不成立、彼女は死ぬよ」

「レイラは殺させない」

「それなら、どうすればいいか、君はもうわかっているよね？」

ニコラはいうだけ言ってアルベールに背を向けた。そのまま数歩進んで、何かを思い出したかのように「あぁ、そうそう」と声を上げて、彼は振り返る。

「優しい僕からのアドバイス。彼女の記憶はなんとかしておいた方がいいんじゃないかな？　大罪人として処刑される君と仲良くしていたなんて、さすがの僕でも同情しちゃうからさ。じゃあ、また後でね、アルベール」

ニコラはどこまでも機嫌よくそう言って、片手を上げる。転移魔法でも使ったのだろう、そのまま、どこかへ消えてしまった。

第四章　さよならの星空の瞳《ラピスラズリ》

十七年間生きてきて、彼女といたあの数日間だけが、僕の人としての時間だった。

僕は人ではなかった。少なくともそう言われ育てられてきた。

食事は、身体を動かすエネルギーで。

言葉は、命令にYESと言うときにだけ使うもので。

身体は、命令を正確に実行するためのもので。

心臓は、身体を動かすための血液のポンプだった。

でも、初めて戦争に駆り出され、人を殺した瞬間、僕は震えた。かろうじて人を残していた身体の中心がその行為に嫌悪感を憶えたのだ。それが人を殺した罪悪感によるものなのか、それとも、ただ単に殺される人に自分を重ねてしまっただけなのかは今でもわからない。殺した実感があるわけではなかったし、殺した感触があるわけでもない。だけど、頬に散った血が自分の体温よりも温かくて、動揺してしまったのだ。

だから僕は逃げた。戦場から逃げ出した。もうこれ以上、人を殺したくなくて、自分を殺したくなくて、嫌悪感を抱きたくなくて、僕は逃げた。どこをどう走って、飛んで、逃げたのかはわからない。憶えてない。わかるのは無我夢中だったことと、途中で隣国に繋がる川に落ちてしまったことだけだった。

『えぇ⁉　子供⁉』

そして、彼女に出会った。

彼女は、自分のことを『レイラ』と名乗って、叔父が所有しているのだという近くの小屋を貸してくれた。濡れた服を剥ぎ取り、暖かい毛布で僕をくるんで、彼女は暖炉の近くに僕を案内した。

『貴方の名前は？』

『え？　アル……』

『アルね！　良い名前』

そこで僕は初めてちゃんと彼女の顔を視認した。亜麻色の髪の毛。エメラルドの瞳。暖炉に火を入れるのに苦労したらしく、彼女の鼻は煤で汚れていた。その姿に初めて心が温かくなった。


レイラと出会って、僕は人になった。

食事は、誰かと食べると美味しいものになり。

言葉は、誰かに気持ちを伝えるためのものになり。

身体は、心によって勝手に動くものになり。

心臓は、気持ちを身体中に伝えるための器官になった。

それは僕にとって革命で、だけどレイラにとっては当たり前のものだった。

ある日、レイラは僕の手を取りながら言う。

『アルの手っていつも冷たいのね』

『……なにをしてるの？』

『温めてるの。寒いんじゃないかって。こうやって息を吹きかけると、もっと温かいのよ？』

『……』

『アル？　どうして泣いているの？』

恥ずかしい話だが、人の手のひらが温かいことを、僕はこのとき初めて知った。

だって、セレラーナでは誰も僕に触れてこない。話しかけてもこない。命令があるまでずっと部屋にいて、一日に一度だけある魔法の訓練のときだけ外に出れた。それでも訓練する場に教師がいるわけじゃない。練習も一人だ。だから、本を読んで黙々と僕は魔法を育てていくことしか出来なかった。

ずっとこのときが続けばいいと思っていた。ずっとずっと永久に。

でも知っていた。この世界に、ずっと、なんてものはないことを。少なくとも、化け物である僕には与えられるものではないことを。

『貴方たちでしょ、アルをあんなひどい目に遭わせたのは！　アルは私が守るんだもん』

扉の外で聞こえたそんなレイラの声に、僕は小屋の中で目を覚ました。身体を起こすと小屋の中は真っ暗で、窓の外を見てもまだ日が昇っていなかった。僕は慌てて外に出る。すると、小屋の外に人がいた。闇夜に紛れるための黒い服を着た男が二人。片方の男の手にはレイラの細い首が握られていた。

『何をして――』

『あぁ、ようやく見つけましたよ、殿下』

その言葉で、僕は彼らの正体を知る。彼らは僕を迎えに来たのだ。セレラーナから、はるばるこんな他国まで。

『殿下のことはまだ秘密なのに、目撃者までいるとはな。しかも、他国に』

レイラの首を掴んでいた男は、レイラを川に投げ入れた。そして、彼女が顔を起こす前に、彼女の後頭部を押さえて川につける。

『やめろ――!』

苦しくて必死に暴れるレイラを見て、僕は咄嗟に魔法で男を殺そうとした。だけど魔法はなぜか発動出来ず、そうしている間に僕はもう一人の男に拘束されてしまう。呼吸が出来なくて苦しいのだろう、レイラが暴れている。必死に生きようともがいている。

僕は声を張り上げた。

『お願いだ! 大人しく戻るから! 彼女を殺さないでやってくれ! お願いだから!』

それは懇願だった。嗚咽の混じった、必死の懇願だった。

『お前たちの言うとおりに動くから! 人だって殺すから! もう逃げ出したりなんかしないから! お願い、だから……』

男はその言葉を無視して、レイラの頭を川の中に押し込んだ。僕は目の前が真っ赤になった。僕は自分を拘束している男に肩から体当たりをすると、彼の足についていたナイフを抜き取る。そして、それを自分の首に押し当てた。

『彼女を殺したら、僕もここで死ぬからな！　わかってるのか！　本気だぞ！』

そこでようやく彼女は解放され、僕は国に帰ることになった。

走る馬車の中で、僕は自分を拘束していた男にこう聞いた。

『なぁ、彼女の記憶はもう戻らないのか？』

『戻りませんよ。彼女に飲ませたのは、そんじょそこらの忘却薬ではないですから』

『そうか』

その言葉の通りに、再会してもレイラは少しも僕のことを思い出さなかった。

◆

アルベールは医務室のベッドで眠るレイラを見つめる。頬に手を当てればちゃんと温かくて、安心した。

「あのときと一緒だね。僕がレイラをひどい目に遭わせて、記憶を奪って」

前髪を梳いても彼女は起きなかった。せめてもう一度だけ、彼女のエメラルドを見たいと思っていたけれど、その声を聴きたいと思ったけれど、どうやらそれは叶わないようだった。

「せめて、記憶にぐらいは、残りたかったなぁ」

ニコラの言っていることは正論だ。彼女の記憶が残っていて良いことはなにもない。レイラは優しいから、きっとアルベールの死を悲しんでくれるだろう。でもそんなの、アルベールのただの自己満だ。

アルベールはレイラの身体を起こす。そして、いつも持ち歩いていた忘却薬を取り出した。それは過去にレイラの記憶を奪ったものと同じものだった。彼女から一定期間の記憶を根こそぎ奪うもの。

『私はアルも一緒に幸せになりたいよ?』

「僕もレイラと一緒に幸せになりたかったよ」

過去の彼女の台詞とそんな会話を交わして、アルベールはレイラの身体を抱き寄せた。そうして唇に薬瓶の口を当てる。薬をゆっくりと口に流し込むと彼女は咽せることなくそれを飲み干した。

残った薬瓶を懐に入れ、アルベールは医務室を後にする。

「ばいばい、レイラ。ずっと大好きだよ」

◆◇◆

『僕と結婚しよう』

最初に消えたのは、印象深かったはずのその台詞だった。初めは怖かったんだと思う。前世の記憶なんてものを思い出して、自分がこれから迎える未来なんかも頭をよぎってしまって。この状況をどうにかしないといけないということばかりが、頭の中を埋め尽くしていた。

……埋め尽くしていた、のだと思う。埋め尽くしていたのかな？　どうだろう。もしかしたらにも考えてなかったかもしれないな。案外ヘラヘラと事実を受け入れていたのかもしれない。あれ、事実ってなんだっけ？　どうしよう、もう思い出せない。どうやって、私たちは出会ったんだっけ？　そもそも、私は誰との出会いを思い出そうとしているの？　あ、アルだ。アルとの出会いを、私はたった今、忘れてしまったのか。

それはまるで白いインクを脳内にぶちまけられたようだった。何もかも真っ白に、強制的に、記憶を塗りつぶされていく感覚。

『これが君が頷いてくれた場合の、人生の計画表だよ』

次に聞こえてきたのは、そんな台詞だった。それは、アルが人生の計画表なんてものを出してきたときの台詞だった。びっくりしたし、正直気持ち悪かったりもした。でも、今ならわかる。アル。貴方、あれの通りに上手くいくなんて少しも思ってなかったんでしょう？　ただの、夢としての計画表だった。だって――

『途中から楽しくなってきちゃって、夢ばっかり詰め込んじゃった』

『そう、夢。レイラも同じ夢を見てくれると嬉しいけれど』

そう言っていたときの目が、少しだけ切なそうに細められていたのが、今ならわかるから。

今なら…………

アル、あのときどんな顔してたんだっけ？　そもそも、なんの記憶がなくなったの？

『それじゃ、今日から恋人としてよろしくね。レイラ』

私たちの関係って、なに？　ただの友人だったっけ？　知り合い？　なんだっけ？

『レイラ、大丈夫？　美味しい？』

あのとき、アルがあんなに人を甘やかす人なんだということを初めて知った。

……もう忘れてしまったけれど。

『僕、定期的にレイラを補給しないと死んじゃう身体になったみたいなんだ』

あのとき、アルも誰かに甘えることがあるんだと初めて知った。

……もう忘れてしまったけれど。


「もうやめて！」

頭を抱えてそう叫んでも無駄だった。どれだけ抵抗しても、記憶はどんどん削れていく。楽しかった思い出も、辛かった思い出も、びっくりした思い出も、恥ずかしかった思い出も。全部、全部、全部、真っ白になっていく。

『僕は言ったよね。レイラにもう二度と近寄るなって……』

あのとき、初めて貴方を心底怖いと思った。

……もう忘れてしまったけれど。

『レイラ。僕のことを「アル」って呼んで』

『ありがとう』

あのとき、たったそれぐらいのことで、あんなに嬉しそうに笑う人なんだと初めて知った。

……もう忘れてしまったけれど。

「いやよ。もう――」

『レイラ、ごめんね』『ああいうことをさらっとやるから、僕はレイラが大好きなんだよ』『可愛い、レイラ。騙されて、可愛い。僕の可愛い、レイラ』『僕以外の誰も、心に入れないで』『レイラと出会ってから、寂しくないよ』『大丈夫だよ。レイラの幸せが僕の幸せだから』

記憶が溢れては、消えていく。

「やめてやめてやめて！」

「レイラ」

隣で聞こえたその声にはっとして、私は我に返った。声のした方を見ると、小さな少年がこちらをじっと見つめている。少年の髪の色はどこかで見たことのある白銀で、顔はまるでモザイクがかかったようにはっきりと見ることが出来なかった。

「というか、ここ……」

そこで私は改めて自分のいる場所を確認した。そこはだだっ広い、ただ白いだけの空間だった。現実にはあり得ないだろう空間。光はあるのに影はない。そこで私は頭を抱えて蹲っている。

「大丈夫？」

少年がこちらを気遣わしげに覗き込んだ。その声には心配の色が滲んでいる。

「どこか痛い？　大丈夫？」

「……身体は平気よ。でも、何もかもなくしちゃったみたいなの」

「なにをなくしたの？」

「なにをなくしたのかもわからないの」

私は膝を抱え込んだ。

なくしたものは記憶だ。それはわかっている。だけど、もうそれだけしかわからなかった。

「全部忘れちゃうの。忘れたくないのに。全部大切な思い出だったはずなのに。——もう、誰との思い出なのかも、わからない！」

無力感が胸を覆い尽くして、立ち上がれない。大切な記憶だったはずなのに、その記憶をなくして、悲しめない自分が悲しい。

少年の小さな手が、私の肩に触れる。

「大丈夫だよ、レイラ。僕がいる」

「君は？」

「僕は、■ル。■ルベ■■・レ・■ァ■■」

「■ル？」

どこかで聞いたことがある名前だ。でも、もうなにも思い出せない。こんなに思い出したいと願っているのに、彼の名前は、レイラの記憶になんの影響も及ぼさない。

「思い出して、レイラ。僕はそう願っているし、きっと、あっちの僕もそう願っている」

少年はよくわからないことを言いつつ私の前に回り、両肩を掴んだ。そして、額同士をコツンと合わせる。

私はそこで初めて少年の顔をはっきりと見ることが出来た。その顔に、その声に、肩に触れる手のひらの温度に、脳が揺さぶられる。

少年の大きな瞳の中に見えたのは、あの日の夜空だった。

——近くで川の流れる音が聞こえる。

『■ル、また遊ぼうね』『また？』『うん。また』『そうだね。また、会いたいなぁ……』

温かい両手が私の右手を包む。まるで祈るように、■ルは私の右手ごと両手を自身の額にぐっと押しつけた。満天の星を背にして彼は、小刻みに肩を揺らす。

『僕も、またレイラに会いたいよ。会いたい』

その瞬間、レイラはそこではっきりと彼の顔を思い出した。瞳に張ってあった膜が剥がれ落ちて、全ての光景がクリアになる感覚。全てが繋がる瞬間――

白銀の髪に、揺れるラピスラズリ。――星空の瞳。

私はこの瞳を知っている。彼を知っている。

彼の名前は、アル。

アルベール・レ・ヴァロワ。

◆◇◆

「アル――‼」

レイラは彼の名前を叫びながら飛び起きた。心臓がこれでもかと脈打ち、冷や汗がどっと身体中から吹き出る。荒い呼吸をなんとか整えると、途端に思考がまとまってきて、冷静さも戻ってきた。

レイラは辺りを見回す。そこは、医務室だった。

（私、なんで医務室なんかに……）

レイラは必死に記憶を探る。確かレイラは、アルベールと一緒に収穫祭に行ったはずだ。

（そこで少年に声をかけられて、ニコラに――）

額に残る冷たい感触。レイラは慌てて自身の額を確かめた。しかしそこには穴も開いていなければ傷もない。次いでレイラは身体を確かめる。ペタペタと身体を触り、服をたくし上げ、袖を捲った。しかし、いくら調べても身体にも傷はなかった。

レイラはほっと息をつく。自身の身体に傷がなくて安心したのだ。しかし、安心してばかりもいられない。

（でもなんでニコラがあんなところに？　しかも、どうして私に？　ニコラが狙うのは、アルのはずじゃ……）

少なくともゲームではそうだった。だからレイラは彼を守ろうと、躍起になっていたのに……。

そこでレイラはある一つの可能性に思い至った。あるじゃないか、アルベールを狙わずにアルベールに言うことを聞かせる方法が。とても簡単で、安易で、難なく出来る方法が。

レイラは息を呑む。彼女は一拍の間を置いてベッドから立ち上がる。そして、医務室内を確かめた後、扉を乱暴に開けて廊下も確かめる。しかし、やっぱりどこにもアルベールは見当たらなかった。養護教諭もいない。

（きっと、脅されたんだ。私を使って――）

そうすれば、アルベールを難なく従わせることが出来る。しかもアルベールに何かをするより確実で簡単だ。時計を見れば、時刻は七時を過ぎたところだった。

（ゲームでは、アルベールが暴走するのは夜のはずよね）

外を見ればしっかり夜だが、今ならまだ間に合うかもしれない。レイラはそう思い、医務室から飛び出し、再び街に向かおうとした。しかし――

「おい、レイラ！」

廊下を走り出そうとしたところで、そう呼び止められた。振り返ればダミアンがいる。彼はレイラに駆け寄ると、「お前、動いて大丈夫なのかよ」と焦ったような声を出した。

「大丈夫って？　……それよりアル知らない⁉　いなくなっちゃったんだけど！」

「お前、アルベールのこと、憶えてるのか？」

「え？」

「いや、ちょっと前にアルベールが俺のところ来てさ、お前のこと頼むって。そのとき言ってたんだよ。『きっと、僕に会ってからのことを全部忘れてると思うから、フォローよろしく』って……」

「アルが⁉」

意味がわからない。どうして急にレイラがアルベールのことを忘れるという話になるのだろうか。考えられる可能性としてはアルベールが自らレイラの記憶を消そうとした、という可能性だが……。

（私を危険な目に遭わせないため？　でもそれならなんで、私はアルのことを憶えてるの？）

「ってか、憶えてるなら話は早いな。アイツどうしたんだよ。急にあんなこと言いだして。なんか変なもんでも食ったのか？　表情もなんていうかこう、俺に対してなのに、柔らかいというか……」

「ダミアン！」

「な、なんだよ⁉」

「お願い手伝って！　アルが、アルが！」

必死の形相でレイラがダミアンに縋り付いたそのきとだった。レイラは背後に人の気配があることに気がついた。そして同時に「見つけた！」と声をかけられる。振り返ると、そこにはロマンとエマニュエル先生がいた。

「大丈夫ですか？」「大丈夫かい？」

二人同時にそう聞かれ、レイラは目を瞬かせた。

「な、なにがですか？」

「もしかしたら、君の身体に何かあったのかもしれないって思ったけど。……無事そうだね。よかった」

ロマンは安堵の表情を浮かべる。隣のエマニュエル先生も固かった表情をわずかに緩めた。どうしてロマンとエマニュエル先生が、自分の身に何かがあったことを知っているのだろう。そんな疑問が一瞬だけ頭をかすめたが、アルベールのことを思い出し、レイラははっと顔を跳ね上げる。

「そんなことより、私、行かなくっちゃ！」

「待つんだ。今、医者を呼んで君の身体を――」

「そんなことしている暇ないんです！　早くしないと、アルが、アルが――！」

レイラの必死の形相に、ロマンも何があったのかある程度推測することが出来たのだろう。それでも、今レイラを行かせるわけには行かないと、ロマンはその場を去ろうとする彼女の手首を掴んだ。

「だとしても、いや、だとするのなら、余計に君の身体を調べなくてはならない。そんなに時間は取らせないよ。約束する」

「でも――！」

「至急なんだ。まだ確定事項ではないのだけれど、君の身体について大変なことがわかった」

「大変なこと？」

「あぁ、実は――」

「へ？」

その後に続くロマンの言葉に、レイラはこれでもかと大きく目を見開いた。

◆◇◆

アルベールが教会に戻ってきたのは、約束の時間の三十分ほど前だった。先についていたニコラは、約束通りにやってきた彼の姿を見て、うれしそうに口角を上げる。

「ちゃんと一人で来たんだね。えらいえらい」

まるでおさなごを褒めるようにそう言ってニコラは手を叩く。アルベールはそんな彼に感情を動かすことなく、ただただ暗い瞳をむけていた。

「きちんとあの子の記憶は消しておいた？」

「あぁ」

「レイラちゃんもいい恋人を持ったね」

ニコラは懐から白い包みに入った薬を取り出す。そして、アルベールに投げてよこした。

「それが薬だよ。飲むととっても辛くて苦しいらしいんだけど、一時間ぐらいしたら僕と討伐隊が君のことを殺しにいくから、それまでの辛抱《しんぼう》だよ」

「……それを実験していたのか？」

「実験？」

「学園の生徒で、だ。その時間を計るために彼らに薬を飲ませていたのか？」

「あぁ、うん。そうだよ。まぁ、実験に使ったのは学園の生徒だけじゃないけどね」

ニコラは笑みを崩すことなく、事もなげにそう言ってみせる。

「どのぐらいの時間、暴走状態にあるのか、というのは正確に把握しておきたかったからね。実験結果としては、魔力の多い少ないにかかわらず、一時間が限界みたい。あとは抜け殻のようになってしまって、普通の魔法使いでも簡単に処理できるって感じだったよ」

「処理、か」

「大丈夫。殺すときはひと思いにしてあげるから、君は何も心配することないよ。本当はいたぶりたいんだけど、みんな怖がっちゃうからね。優しくしてあげる」

侮蔑を込めた目でニコラを睨み付けると、彼はことさら嬉しそうに頬を引き上げた。

「その顔、たまらないね。早く君が沢山の人を殺すところを見たいよ」

「その前に、お前がレイラを救うという約束が欲しい」

「確かに。契約はちゃんとしておかないとね。大丈夫。準備はちゃんとしているよ。確認してくれて構わない」

そう言ってニコラは杖を取り出して一振りする。すると、なにもないところから丸められた羊皮紙が現れた。それは魔法契約書という、約束事を魔法を介して行うためのものだった。約束を破れば、その契約書に込められている魔法が発動し、約束を破った相手に罰が行く仕組みだ。つまり、分類的には魔道具である。

アルベールはその契約書をニコラから受け取り、中身を確認する。それと同時にニコラが契約の内容を簡単に説明した。

「君は八時までにモンドスのどこかで薬を飲む。僕は君が薬を飲んだ十分以内に、僕自身、もしくは僕の指示でレイラちゃんに解毒薬を飲ませる。僕が約束を守れなかった場合、僕の心臓は止まる。そういう契約だよ。僕の方はもうサインをしてあるから、その内容でよかったらサインをしておいてね」

アルベールは無言で契約書に目を滑らせると胸ポケットからペンを取り出し、ためらうことなくその書類にサインをした。すると羊皮紙はひとりでにくるくると巻き取られ、ぱん、とはじけ飛んだ。同時に金色の光が二人に降り注ぐ。

「これで契約成立だね。どうだい？　僕って結構フェアだろう？」

「どの口が言うんだ？」

「そりゃ、多少汚い手も使うさ。なんてったって相手が君だからね。……あ、わかっていると思うけど、僕を殺そうとは思わないことだよ？　僕を殺したら、確実に君の可愛い子ちゃんは死ぬんだ。

それは君も望むところではないだろう？」

　契約ではアルベールが薬を飲んだ後に、ニコラが直接手渡すか、彼の指示でレイラに薬が渡らないといけない。だから、殺すならばアルベールが薬を飲んだ後で、尚且つ、ニコラがレイラに薬を渡した後ということになる。しかし、ニコラはアルベールが薬を飲んですぐ、レイラに薬を渡すわけではないだろう。渡すとして確実に狂った後である。

　狂った状態でアルベールはニコラを狙って殺せるか。おそらくそれは無理だろう。

「僕もちゃんと命をかけるんだ。君もちゃんと約束を守ってよね」

「お前とレイラの命を同等に扱うな」

「そうだね。同等なんかじゃなかったね。僕の命に比べたら、あんな小娘の命なんて畜生レベルだからね」

　その言葉にアルベールはニコラを睨む。背筋まで凍り付いてしまうような絶対零度の瞳に睨まれても、ニコラは実に飄々としていた。

「まぁ、あと二十分ほどの命だ。好きなようにしたら良いよ。泣くなり、叫ぶなり、怒るなり、お好きにどうぞ。僕はここで君が悲しんでるのを見守らせてもらうとするよ」

「だれが泣き叫ぶんだ」

　そう言ってアルベールは少しも迷うことなく薬を口に含んだ。そしてそのままかみ砕くこともなく飲み込む。

「なっ」

「たった二十分程度を惜しむわけがないだろう？」

「まさかここで飲むとはね。もしかして、ここで飲んで僕のことを巻き添えにしようとしてる？　でもそうしたら、僕が死んじゃってレイラちゃんは助からないよ？」

「暴走なんかするはずがない」

「は？」

「僕に暴走する魔力なんて残っているわけないだろう」

アルベールはシャツを緩ませると、ニコラに首元を見せた。彼の首から胸のあたりにかけて、そこには紫色に浮かび上がる魔法陣のようなものがある。その刻印を見た瞬間、それまで飄々としていたニコラの顔色も変わった。

「――禁呪の刻印！」

それは、本来ならば魔法を使える犯罪者にする刻印だ。一度刻むと剥がすことは出来ずに、一生その刻印に魔力を吸われ続ける。

「あははは、ばかだな！　それだと暴走しなくても死ぬぞ！　お前だって知っているだろう？　禁呪の刻印と暴走状態は限りなく相性が悪いんだ」

「だからどうした？　元々殺される予定だったんだ。そんなもの、怖いわけがない」

アルベールの覚悟を決めた台詞に、さすがのニコラも奥歯を噛みしめた。

「さぁ、レイラに解毒薬を渡すんだ。こっちは約束を守ったんだ。このままだとお前も死ぬぞ？」

ニコラは「あぁくそっ！」と今までにない荒々しい声を上げた後、つけていたピアスを軽く叩いた。どうやらそれは魔道具だったらしく、彼は誰かと話し始める。

「例の女に薬を渡せ。……四の五の言うな、いいから渡せ！　いないなら探して渡すんだ！」

そう荒れた声を出した後、彼はもう一度ピアスを叩いた。そして、憎々しげな声を出す。

「これで勝ったつもりか？」

「少なくとも負けてはいない」

「あはは、お前は死ぬのにか？」

「でも、戦争は起こらない」

淡々とそう告げるアルベールにニコラは腹立たしげに地団駄を踏む。

「それで、正義の味方のつもりか！　七年前の戦争で、お前は自分が何人の人間を殺したのか憶えていないのか？　そんな過去があった上で、よくもまぁそんな台詞が吐けたもんだ！」

「僕は、戦争なんて正直どうでもいい」

「は？」

「どこで誰が何人死のうが興味ない。自分の手で人を殺めることはやっぱり慣れないけれど、僕の知らないところで何人死んでいても、僕はなんとも思わない。僕はただ、レイラが無事ならそれでいいんだ」

アルベールの鋭い眼光がニコラを捕える。

「僕は、レイラを危険な目に遭わせたお前が、どうすれば一番嫌がるのかを考えただけだ」

「なっ」

「どうせ死ぬのなら、嫌がらせの一つぐらいはしてから死にたいだろう？」

完全に勝ち誇った表情で、アルベールはそう言って口角を上げた。挑発的なその表情にニコラは怒りでかっと顔を赤く染め上げたが、唇を噛みしめただけで暴言は吐かなかった。代わりに向けたのは余裕のなくなった嫌悪感丸出しの目だった。

「……くだらない。本当にくだらない。もうちょっと遊べる玩具だと思っていたんだけどな」

ニコラはその場で片手を上げた。すると、数人の兵士が建物の陰や木の陰から出てくる。きっとアルベールが来る前に潜ませていたのだろう。彼らは杖をピンと伸ばし、アルベールに構えていた。

「いくらお前といえども、禁呪の刻印を刻んでいる状態で、これは防げないだろう？」

ニコラが目配せをすると、兵士たちの杖の先に火球が出来る。それは、ただ単に火のマナを集めただけではない。その火球には実際の何倍もの火のマナが圧縮されていた。炎が渦巻く。それはまるで一つ一つが小さな太陽のようだった。

「もういらない。お前は死ね」

ニコラが上げた手を振り下ろす。それを合図に兵士たちはアルベールに向かって火球を発射した。

「く――――！」

四方八方から一直線に小さな太陽がアルベールを襲う。

そのとき――

「アル――――！」

甲高い女性の声。同時に太陽同士がぶつかり合い、その場が目も開けられないほどの光に包まれる。周りに立っていた木の葉が突然燃え出すほどの熱風が辺りを覆う。しかし、何故かそれが一瞬にして消え失せた。

「助けに来たよ！」

光が消え失せるのと同時に聞こえたその声に、アルベールは自分の耳を疑った。いつの間にか膝をついていた自分を守るようにして立っている一人の少女。

「レイラ……！」

彼女はアルベールを振り返ると、にっ、と笑みを見せた。

◆◇◆

レイラは膝をついていたアルベールの身体を支える。彼はまるで信じられないものを見るような目でレイラの顔を見つめていた。そして、震える声を出す。

「レイラ、どうして……」

「助けに来たって言ったでしょ？　あ、説明は大丈夫だよ。話は全部聞いていたから」

「全部、聞いていた？」

オウムのようにレイラの言葉を繰り返すアルベールに、彼女は大きく頷く。

「うん。アルが前に、私に盗聴魔法をかけていたでしょう？　そのときの痕跡がまだ残っていたらしくて、もう一度魔法をつなぎ合わせてもらったの。それで、逆方向に魔法を走らせて……。要するに、逆に盗聴していたって感じかな？」

「そんなこと、誰が……」

「エマニュエル先生が助けてくれたんだよ。学生には難しい魔法みたいだね」

「エマニュエル先生が？」

心底意味がわからないというような顔をするアルベールを安心させるように、レイラは唇の端をあげてみせる。そんな二人の元に届いたのは、アルベール以上に混乱した声だった。

「どういうことだ！　なんで、お前がここに！　それに、どうやってあの魔法を――」

そこまでがなり立てたあと、ニコラは胸を押さえて片膝をついた。先ほどした契約が発動しかけているのだ。アルベールが薬を飲んで、もう五分以上は経過している。心臓が苦しいのだろう、荒い呼吸を繰り返すニコラの前に、一人の男が現れた。

「愛の力ですよ。兄上」

「ロマン……」

突然登場した弟に、ニコラは脂汗を浮かべながら奥歯を噛みしめた。しかし、心臓が限界を迎えつつあるのだろう、彼は生意気な弟を無視して、レイラに右手を差し出した。

「意味がわからないことを言うな！　おい、女！　これを受け取れ！」

ニコラが手を広げる。その手の中にはアルベールが飲んだのと同じような形の青い薬があった。

「お前はこの薬を飲まないと死ぬんだ！　僕がお前に打ち込んだのは――」

「いりません！　そんな薬、私には必要ないの！」

「レイラ？」

驚くような声を出したのはレイラの背後にいるアルベールだ。彼もニコラほどではないが苦しいのだろう、額に脂汗は浮かんでいるし、呼吸も荒い。レイラはアルベールを振り返り、彼の肩を掴んだ。

「アル。なんかね、私、魔法が効かなくなっちゃったみたい」

「は？」

「前に、シモンくんが暴走したときにアルが魔力をくれたでしょう？　あれが身体になじんじゃったみたいで。なんかよくわからないんだけど、私を攻撃するような魔法は自動で防がれるんだって！」

心底意味がわからないというような顔をするアルベールに、今度はロマンが口を開く。

「簡単に説明するのなら、君の魔力がずっとレイラのことを守っているんだよ」

「僕の魔力が？」

「レイラから聞いたけれど。君、彼女に与えた魔力に『レイラのことを守るように』と命令を出したんだろう？　要するに、その命令がまだ効いているってだけの話なんだよ。彼女の身体になじんだ君の魔力は、今も健気に、命令通りに、愛しのレイラのことを守っているんだ。――まさに『愛の力』って感じだろう？」

揶揄《からか》っているような響きではあったが、アルベールの表情には不快感よりも驚きが滲んでいる。

それもそうだろう。レイラだってこんな話、聞かされるまで想像だにしなかった。いや、聞かされて、体感してもなお、まだ信じられない気持ちもある。

アルベールの指先がレイラの頬に触れる。

「レイラ、本当？」

「うん」

「どこも痛くない？」

「平気よ」

「辛かったりしない？」

「大丈夫」

「君が、……無事でよかった」

アルベールの薄い唇が震える。

先ほどまで淡々と自分の死を受け入れていた彼の瞳に、感情が宿った。

彼はレイラの両頬を己の両手で包むと、喜びと安堵と愛しさが溢れた微笑みを浮かべる。

「というか、レイラ。なんで僕のこと憶えているの？」

「なに言っているの。私じゃなくて、アルの魔力がそうしたんでしょ？」

「……そうか」

「うん」

「僕の魔力だからね」

「そうね」

「あぁ、もう本当に。僕ってわがままだな」

今にも泣き出しそうな声を出しながら、アルベールの顔が歪む。

「ひどいことを言っているかもしれないけれど、君が僕のことを憶えてくれていて、嬉しい。すごく、すごく、嬉しい」

「うん」

「誰の記憶から抹消されてもいい。誰も僕のことなんて憶えていなくていい。……でも、君の記憶にだけはどうしても残っていたかったんだ。この先一緒にいられなくても、僕の記憶が君を将来さいなんだとしても。それでももう二度と、なかったことにはしたくなかったんだ」

「うん」

苦しいのか、アルベールの声は掠れている。暴走させる薬と禁呪の刻印が彼の生命維持に必要な魔力まで削り取っているのだろう。頬を撫でる指先は先ほどからずっと震えてしまっているし、脂汗だって額に浮かんでいる。それでも彼は、レイラに語りかけることをやめなかった。

「ねぇ、レイラ。お願いだから、僕が死んだ後でも、僕のことを憶えておいて。忘れないで。僕はもう、それ以上は望まないから。もうそれだけで、僕がこの世に生まれてきた意味があるから」

アルベールの震える指先がレイラの額から頬にかけ優しく撫でる。

「ごめんね。優しい僕でいられなくて」

もう限界が近いのだろう、アルベールの呼吸が荒くなる。レイラはそんな彼を支えながら、彼の胸元に浮かぶ禁呪の刻印に指を這わせた。

「アルは将来の話をするとき、いつも自分がいなくなった後の話ばかりするわよね」

レイラの優しい声に、アルベールが顔を上げる。

「結婚しようなんて言うくせに、いつだって一緒にいる未来は語らないの。……私は、それがたまらなく嫌だったわ」

そのとき、レイラが指を這わせていた禁呪の刻印が淡く輝き出す。驚いた顔をしたのは、アルベールだけで。レイラはじっと真剣な顔で彼の刻印を見つめていた。

「でもそれは、誰もアルのことを守らなかったからなのよね。アルの強さに甘えて、誰もアルのことを守ろうとしなかったから……」

「……レイラ？」

「それなら私がアルを守るよ。ずっと、ずっと、守ってあげる」

刻印の輝きが増した。レイラは力強い笑みをアルベールに向ける。

「ねぇ、アル。私ね。もう一つ力があるみたいなの」

「力？」

「どんな魔法でも、私が望めばなかったことに出来るようになったみたい」

レイラがそう言った瞬間、輝いていた刻印が跡形もなく消え失せた。それと同時に脂汗も引いて、青白かったアルベールの顔に色が戻ってくる。あまりの身体の変化に耐えきれなかったのか、アルベールは胸を押さえて、くの字に身体を折り曲げた。

「アル、大丈夫？　まだ辛い？」

「ははっ」

「アル？」

「ふふふ……」

レイラは突然笑い出したアルベールの顔を心配そうな表情で覗き込む。すると、急に彼の両腕が伸びてきて、ぎゅっと抱きしめられた。

アルベールは喜びを爆発させたような声を出す。

「レイラ。君ってばやっぱり、最高だね！」

アルベールはレイラの身体をもう一度ぎゅっと力強く抱きしめた後、彼女の身体を離した。そして、身体を起こし、手のひらを広げる。すると、そこに見たことがない真っ黒い炎が生まれた。彼はまるで確かめるようにそれを消したりつけたりする。

そして、ニコラの前に立ち、先ほどのニコラに負けないぐらいの愉悦を含んだ声を出した。

「これで、形勢逆転だ」

その宣言にニコラは狂ったように「あああぁぁぁぁぁ！」と苛立ちを含んだ叫びを上げる。そして、拳を地面に叩きつけた。心臓が止まる恐怖よりも、アルベールたちに対する怒りの方が勝っているのだろう。彼は服の上から心臓を掴みながらも、先ほどより威勢良く立ち振る舞う。

「何が形勢逆転だ！　そんなことあるわけがないだろう！　こんなこともあろうかと、僕はこれも用意しておいたんだ！」

ニコラが片手を上げる。すると、側にいた兵士の三人が短剣を取り出し、何のためらいもなく自身の胸を突き刺した。その機械的な動きにロマンが「兵士を傀儡化《かいらいか》してるなんて……」と剣呑《けんのん》な声を出す。心臓を貫いた兵士は地面に倒れ込むと、そのまま灰のようにバラバラになり散ってしまった。

「僕が必要なのは噂だからな！　お前が暴走した事実よりも、お前が暴走したという噂が欲しいだけなんだ。だから民を殺すのは何もお前自身じゃなくていい！」

その声に応えるように地面から黒い蛸のような足が生えてきた。それは一本だけではなく、全部で八本。その他にも地面からは黒い瘴気のようなものが溢れてきている。そのあまりの禍々しさに、レイラは「ひっ」と後ずさった。

「コイツを召喚するのに二百人の命を消費した。移動させるのにも三人のコストがかかる。……だが、お前っぽいだろう？　アルベールが死んで、『あれはアルベールの仕業だったんだ』と僕が言えば、全ての責任はお前に行く。僕は晴れて、戦争を起こす大義名分を得るというわけだ！」

「そうか」

アルベールはそれだけ言うと、その蛸の足に手のひらをむけた。

「それなら、こいつがいなくなれば問題はないな」

瞬間、その蛸を黒い球体が包む。アルベールがぎゅっと手のひらを握ると、その球体も小さくなり、同時に蛸の足もどこかへ消えてしまった。地面がクレーターのように抉られており、その抉られた部分からは、わずかに黒い電気のようなものが走っているのが見える。きっと、魔法を使ったことの余韻だろう。

あっという間に消えてしまった隠し球に、さすがのニコラも頬を引きつらせた。

「な、な、な……」

「こんなもので、僕が殺されるとでも？」

それはまさしく格の違いというやつだった。

ニコラはしばらく呆けたようにしていたが、やがて心臓を押さえ、その場に蹲ってしまう。もう限界がやってきたのだ。彼の心臓はもう一分と持たずに止まってしまうだろう。

レイラはニコラの側に駆け寄ると、膝をついた。

「いまなら私の力で、契約も破棄することが出来ると思います」

「……なにを、すればいい？」

その質問に答えたのは、ロマンだった。

「兄上には、しばらく牢屋に入ってもらいます。あとは、自らで王位継承権を放棄していただきたい」

「なっ――！」

「王位継承権なんて、命に比べれば安いものですよ。……あぁ、学園内にいる貴方の協力者に助けを求めても無駄ですからね。貴方が養護教諭として潜ませていた間者は、私の友人と、敬愛すべき先生方が、今頃取り押さえているでしょうから」

そう、ニコラの協力者は養護教諭だった。養護教諭は、怪我や病気で医務室に来た生徒に例の暴走する薬を処方していたらしいのだ。シモンも、その一人だった。ロマンがそのことに気がついたのはレイラが倒れる少し前で、養護教諭はバレたことに気がついて逃げ出していた後だった。

ロマンは養護教諭を取り押さえるのをエマニュエル先生とダミアンに任せ、レイラと共にこちらにやってきたのである。

ロマンは微笑みながら懐から筒状になった羊皮紙を取り出した。それは奇しくも、今ニコラを苦しめているもの、そのものだった。

「魔法契約書⁉」

「一日で二枚の魔法契約書にサインする人間なんて、兄上ぐらいですよ。珍しい経験ですね」

ロマンはその場でさらさらと契約の内容を書き込んだ後、自分のサインをその下に書き記す。

「それでは兄上、この契約書にサインを」

差し出された羊皮紙に、ニコラはがっと目を見開く。そして、真っ赤になった顔で血を吐く一歩手前の声を出した。

「ロマン！　アルベール！　レイラ！　憶えてろよ‼」

エピローグ

「そういえば、聞いたんだけど二人って結婚するの？」

そのロマンの言葉に、レイラは思わず飲みかけていた水をふきだしそうになった。そのまま咳き込むと、隣にいたアルベールが「大丈夫？」と背中をさすってくれる。

ハーフタームも終わり、学校生活が再開した十一月の初旬。レイラとアルベール、それとロマンとダミアン、ミアとシモンの六人は食堂で昼食を共にしていた。

というのも、本当はいつも通りにレイラとアルベールの二人だけで食事をするつもりだったのだが、ロマンが「今回のこと、私の功績も大きかったと思うけど？」「もしよかったら、今日だけでいいから一緒に食事をしない？」と誘ってきたのだ。当然のごとく、アルベールは最初その申し出を断ったのだが、確かに彼を助けに行けたのはロマンの功績も大きかったし、なんだかんだ言ってロマンも悪い人間ではないということがわかっていたので、レイラが「今日だけは一緒でもいいんじゃない？」と三人で食堂に行くことになったのだ。

そこで、たまたまいたミアとシモンに見つかり、ロマンがたまたま一人で昼食を食べようとしていたダミアンも誘い、六人という大所帯になってしまったのである。

「平気かよ？」

背中をさすることはしないまでも心配そうな顔でそう言うのはダミアンだ。レイラは口元をハンカチで隠しながら、ははは、と乾いた笑いを洩らした。

「大丈夫。ちょっと変なとこに入っちゃっただけだから」

「えー！　お姉様、アルベールさんと結婚するんですか！　こんな変態との結婚、ミアは反対です！」

「……君に反対されるいわれはない」

「まぁまぁ、二人とも」

ミアとアルベールは相変わらず仲が悪い。ちょっと前までミアはアルベールを狙っていたはずなのに、たいした変わりようである。そんな二人のフォローに回るシモンもちょっと可哀想だ。

レイラは「あはは、ごめんごめん」と軽い調子で謝るロマンに唇を尖らせた。

「というか、なんで知ってるんですか？　私ダミアンにしか相談してないのに……」

「ん？　なんかクラスメイトから聞いたんだよね。その子、アルのこと気になってたみたいで、アルに直接『レイラさんとはどういう関係なんですか？』って聞いたみたいなんだ。そしたらアルが『結婚相手？』って返したみたいで……」

「あぁ」

そう、どこか納得したような声を出したのはアルベールだ。どうやら先ほどのロマンの話で自分が言った言葉を思い出したらしい。

「アルのせいじゃない」

「何かダメだった？」

「ダメっていうか……」

恥ずかしいから隠しておきたいという感情は彼にはないのだろうか。それに、まだレイラは彼のプロポーズにYESとは返していない。だから結婚相手と紹介するのも、本来ならばおかしな話なのだ。

(だからといって恋人と紹介されるのも恥ずかしいけど……)

しかしながら、恥ずかしさで言うならそちらの方がまだだいぶマシである。

「でも、本当にふたりは結婚しちゃってもいいかもしれないね?」

「もー! ロマンさんまでなんでそんなことを言うんですか!」

ミアは怒りを表すように頬を膨らませる。

「いやだってほら、二人が結婚したら、ハロニアとセレラーナ、両国の橋渡しになるわけだし。それに、最強の矛と最強の盾が一緒になるんだから良いんじゃない?」

「最強の盾って……」

「でもほらみんな噂してるよ? レイラの能力、ある意味アルとかミアのより珍しいからね。学園での扱いも特待生になったたし。卒業してすぐ結婚しても誰も文句言わないんじゃない?」

そう、レイラはミアと同じ特待生となっていた。それ自体は単純にとてもありがたかったのだが、そのせいで周りの見る目が『猛獣使い』から『猛獣』になっている気がするのだ。アルベールが隣に並ぶとそれはもう『猛獣夫婦』で、本当にもう誰も近寄って来やしない。

「はーい! 質問でーす!」

そう言って手を上げたのは、ミアだった。彼女の視線はロマンの方へ向いている。

「レイラさんがアルベールさんのおかげでスーパーお姉様から、ウルトラスーパーお姉様になったのは理解したんですが、どうしてロマンさんはそのことを知ることができたんですか？」

「あぁ。それ、僕も気になっていました」

その場にいなかったシモンもミアに同調する。ロマンはくすりと笑った。

「実はね、アルがレイラに魔力を与えた日、あのあと彼女は医者にかかっただろう？　そのときの医者ってのが、私が懇意にしている者だったんだ。エマニュエル先生に紹介したのも、私でね。だから、色々と話を聞いていたんだよ。……主に、レイラの血についてね」

「血？」

反応したのはアルベールだった。怪訝そうな彼を煽るようにロマンの口角が上がる。

「あぁ、アルも知らなかったかな？　レイラ、そのときに採血しているんだよ。闇属性の魔力を取り込んだ身体なんて珍しいから、研究用にね。あの研究馬鹿は、本当は解剖したかったらしいんだけど、さすがにエマニュエル先生の前じゃそんなこと言い出せなかったみたいでさ。でも、どうしても生体は欲しかったらしくて……」

ロマンの言葉にアルベールの目が冷える。

「そんなに睨まなくても大丈夫だよ。腕は確かだし、かろうじてだけど、興味よりは理性が勝つ男だから。間違っても彼女が解剖されることはない」

そこまで言った後、ロマンは「話を戻そう」と話題の軌道修正をした。

「それで、あの研究馬鹿が言うには、変化は翌日から起こっていたらしいんだ」

「変化って、お姉様の血が、ですか？」

「うん。彼は難しい言葉を並べていたけれどね。要約すると、レイラの血が日増しに魔法が効きにくくなっている、と。研究用の魔法薬を垂らしてもあまり変化をしないし、風や水の魔法で撹拌しようとしても、それも上手くいかない。そこで彼は一つの仮説に行き着いたらしいんだ。それが『レイラが取り込んだ闇属性の魔力が、全ての魔法に干渉しているんじゃないか』ってやつだね」

「というかさ、お前。なにも気がつかなかったのかよ」

呆れたような顔でそう言うのはダミアンだ。彼の半眼になった視線を受け止めて、レイラは狼狽えたような声を出す。

「いや。今振り返ると、そのせいかなぁ、と思うことはあったんだけど。そのときは、まさかそんなことが身体の中で起こっているだなんて思わなくて……」

レイラの頭によぎったのは、『アル』との記憶だ。それまで全く思い出せなかった記憶が、アルベールから魔力をもらって以降、夢という形で次々と思い出すことが出来るようになったのだ。

「思わなくて、ってなぁ。お前、どこまで鈍いんだよ」

「まぁ、気がつかないのも無理はないんじゃないかな。彼から話を聞く限り、兄上がレイラに薬を打ち込むまで、彼女の血の変化は徐々にって感じだったらしいし」

「つまり、ニコラ殿下がレイラさんに毒を打ち込んだ瞬間、レイラさんの身体の中のアルベールさんの魔力が活性化したってことですか？」

ロマンの言葉の意味を的確に掬ったのはシモンで、ロマンはその言葉にしっかりと頷いた。

「ま、そういうことだろうね。あの研究馬鹿が慌てて駆け込んできたときは驚いたよ。なんてったって、魔法で保護をしていたビーカーを彼女の血が割ったっていうんだから。驚きだよね」

駆け込んできたとき、たまたまエマニュエル先生もその場にいたらしく、話を聞いて二人で慌ててレイラを探したそうなのだ。血の変化から言って、彼女の身体になにか重大な変化があったことは明確だったし、もしかしたら命に関わるような状態にいるかもしれないと考えたのだ。そして、医務室の前にいたレイラを見つけ、身体の無事を確認するとともに、事情を説明したのである。

「でもまぁ、今回は身内の不祥事に付き合わせてごめんね。あんなのを身内だとは言いたくないけど、本当に助かったよ」

そうロマンが頭を下げて、六人の騒がしい昼食は終了した。アルベールと一緒なのが嫌だとグズグズ言っていたミアだが、食事会は案外楽しかったらしく、最後には「また一緒にご飯食べましょうね」とはしゃいだような声を出していた。アルベールも嫌な顔をしながらも反対はしなかったので、彼もまた一緒にご飯ぐらいなら食べてもいいと思っているのかもしれない。

◆◇◆

「そういえばさ、レイラってどこまで思い出したの？」

教室に帰る途中、そう切り出してきたのはアルベールだった。同じ教室に帰るはずのダミアンとミアはロマンから別に用事を頼まれており、レイラとアルベールは久しぶりに二人っきりだった。

何を聞かれたのかわからず、レイラは「え？」と首を捻る。

「レイラのあの力。過去の忘却薬の効果まで消したんでしょう？　どこまで思い出したのかなって」

「それは……」

「君に迷惑をかけるだけかけていなくなったガキの話は思い出した？」

「川のほとりで見つけた優しいお兄ちゃんの話は思い出したわ」

レイラの言葉にアルベールは足を止めて「やっぱりレイラは優しいね」と優しい声を出す。レイラもアルベールに合わせて足を止め、振り返る。視線の先の彼はどこか落ち込んでいるように見えた。

「嫌だな。隠しておきたかったのに」

「どうして？」

「幻滅するでしょ？」

「幻滅なんてしない」

「レイラは優しいね」

「優しいんじゃなくて、楽しかったから」

なんと言えば良いのかわからなかった。ただ、彼がこのことを隠しておきたかった理由も今なら

なんとなくわかってしまって、励ますようなことを言ったとしても、それがたとえ本音だとしても、

今の彼には届かない気がした。

だから、レイラは正直に自分の気持ちを伝えることにした。

「私は、思い出せて良かったって思ってる。あと、再会できて良かったとも思ってる」

「多分、それは僕の方が思ってる」

「そう？」

「うん。この学校で君を見つけてから、ずっと感動してる。こんなことってあるんだって。こんな奇跡起こるんだって」

「……全部忘れててごめんね？」

「忘れさせたのは僕だよ」

「アルじゃないでしょ」

「んー。でもそれは、やっぱり僕のせいだよ」

いつになくしんみりとした空気が二人の間に流れている。いつもだったらもっと明るい雰囲気なのに、今日はもうダメみたいだった。でも、その雰囲気でもなんとなく心地良いと思ってしまうのだから仕方がない。

「そういえばさ、お互いのことがよくわかったら、結婚してくれるって話だったよね？」

「結婚してあげるっていうか。あれはアルが勝手に――」

「レイラ」

「ん？」

「僕と結婚しよう」

出会ったときとまったく同じ台詞を、まったく違う雰囲気で彼は唇から落とした。

その言葉にレイラが驚いて黙っていると、アルは少し困ったような顔で「こう、じゃないか……」と頭を掻く。そして、レイラの手を掬うようにして握った。

「レイラ、僕と結婚してくれる？」

「……考えとく」

「…………え？」

「なんでアルが驚くのよ！」

本当に思いも寄らなかったというような顔をして固まるアルベールに、レイラは唇を尖らせた。お互いの頬はいつもより少しだけ赤くなっている。

アルベールは、繋いでいない方の手で口元を覆う。すると更に彼の頬は赤く染まった。

「やばいな。閉じ込めておきたくなった」

「言っておくけど、私は閉じ込められたくないんだからね？」

「知ってる。知ってるけど、僕は閉じ込めておきたい」

「なんでそこだけ頑ななのよ」

繋いでいた手の指がお互いに絡まり合う。

「昔はそうじゃなかったでしょ？」

「でもあのときに後悔したんだ。大切なものはちゃんと隠しておかなきゃって。強制的に引き離されちゃう前に、自分のものにしておかなきゃいけないんだって」

「もしかして、あの出来事が原点なの？」

「そうだよ？　僕に人と違うところがあるとしたら、レイラのせいだからね？」

「ええええぇ……」

「責任、取ってくれるんでしょ？」

「考えとくって言いました」

「それでも十分。これからの僕の頑張りに期待だね」

「お手柔らかにお願いします」

二人は手を繋いだまま、どちらともなく歩き出す。

アルベールは楽しそうに肩を揺らした。

「こんなに幸せで良いのかな。もうこれ以上の幸せってない気がする」

「そんなことないでしょ？」

「どうなんだろうね。少なくともいまは想像できないかも」

レイラはアルベールの肩に手をかける。そしていつぞやと同じようにかかとを上げた。

頬にレイラの唇が当たった瞬間、アルベールの目が開かれた。

「……」

「想像できた？」

「想像できた」

やられっぱなしは性に合わないと思っていたのだ。なんだか変な達成感でレイラの胸は満たされる。再び歩き出そうとすると、今度はアルベールがレイラの手を引いた。

「レイラ、ずっと大好きだよ」

そして腰にアルベールの腕が回った。

何事かとレイラがアルベールの方を見上げると、また一緒に遊ぼうと約束を交わした――夜空《ラピスラズリ》が落ちてくる。

「あ」

「……」

気がついたら二人の唇は重なっていた。レイラは真っ赤になり、思わずアルベールの胸板を押す。しかし、それでも彼の身体は離れずに、だけど唇だけはレイラから離して、彼はしてやったりというような笑みを浮かべた。

「そ、そこまでしていいって、誰も言ってないでしょう！」

「あはは」

まるで怒られるのが嬉しいというようにアルベールは笑う。そんな嬉しそうな彼にレイラも最後まで怒る気になれず「もう！」と怒ったような声を上げた後、最後は笑みを浮かべた。

今度こそ二人は並んで歩き出す。

二人の手は未だに繋がれたままだった。

fin

あとがき

地獄の床に這いつくばって辛酸を舐めていた男が、不意に垂れてきた蜘蛛の糸に縋り付いて、身も心も救われる話は、やっぱり書いていてたまらないですね！

この話を書こうと思ったきっかけは、不意に胸の中で芽生えた『ヤンデレを書きたい』という欲からでした。『ヤンデレ書きたいなぁ』『出来ればどちゃくそに不幸な男が、一人の女に救われる話が書きたいなぁ』ということで書き始めたのが今作です。

実は、書いていて気がついたことなのですが、私はどうやら自己犠牲の精神を持っているヒーロー、もしくはヒロインが、自分の命を後回しにして相手を助けようとする様に萌えるようです！なので、アルベールの覚悟と苦悩は書いていてとても気持ちよかったですね！　彼にとってはレイラが全てで、自分の命は空気よりも軽いという、感情的には重めの部分が皆様に伝わっていれば幸いです。同時に、自己を犠牲にしようとするヒーロー、もしくはヒロインが、相手によって救われる過程も好きで、その点において今回の「それなら私がアルを守るよ。ずっと、ずっと、守ってあげる」というレイラの台詞が書けたのは、自画自賛ですが、百点満点でした！　いえい！

さて、物語の冒頭から、ヒロインであるレイラが監禁&拘束をされているシーンから始まる今作ですが。皆様、お楽しみいただけましたでしょうか？　個人的にはなかなかに面白い話に仕上がったような気がするのでしょうが、どうでしょうかね？　楽しんでいただけていると嬉しいなぁ……と思いつつ、私は楽しく書けたので満足です！

書きたい話を、ある程度満足がいくように書けた。

これ以上に作家として気持ちいいことはありません。もちろん、売れて欲しいのは本当の気持ちですが、まぁ、これぱっかりは運もありますからね。作品を書き上げてしまった作家に、出来ることはもうあまりありませんし。もちろん、宣伝はするつもりですが、風が吹いてくれるのをここでゆったりと待つことにいたしましょう。寝て待っていたら果報が届くかもしれませんしね。

さてさてさて。作品語りもこれぐらいにしておきましょうか。

普段、あまり自分の作品について語ることも、褒めることもしないので、こういうことをあとがきに書くと、少々気恥ずかしさがありますね。

今回、装画&口絵&挿絵を担当してくださったイラストレーターのニナハチさんですが、実はデビューしたての頃に小説ではないところで一度だけ一緒にお仕事をさせていただいておりまして、その頃から、ず――――っと、『またいつかどこかで一緒にお仕事できたらなぁ』と思っていたんです。なので、イラストの候補にニナハチさんが挙がったときは、だいぶ前のめりで『ニナハチさんで！』と担当さんにお願いしましたね。

ニナハチさんのイラストは、昔もすごかったですが、今作でもすっごかったです！

アルベールは、セクシーで可愛いし、闇がありそうだし！　レイラは、本当に思い描いていたとおりの、可愛くて正義感が強い理想のレイラだったし！　サブキャラも本当に、元気いっぱいで可愛くて、サブキャラの中では、私はミアが本当に可愛くてたまりませんでした！

お仕事を受けてもらい、本当に嬉しかったです！　ありがとうございます！


さて。改めまして、新レーベル創刊、おめでとうございます！

今作は三交社様の新レーベル・UG f novelsの創刊作品として出版させていただく予定となっております。どのようなレーベルになるのかは私にもわかりませんが、長く、長く、末永く、続いていくレーベルになるよう、願っております。


最後に、担当編集者様、編集部の方々。

本を流通させるために尽力してくださっている、書店含め、本に関わる皆様。

この本を買ってくださっている読者様。

いつも本当にありがとうございます。感謝しております。

これからもお力添えや応援を、どうぞよろしくお願い致します。

秋桜ヒロロ

イラストレーターあとがき

UGf novels

UGf-001

転生《てんせい》バッドエンド令嬢《れいじょう》は、ヤンデレ王子《おうじ》の溺愛《できあい》から逃《に》げ出《だ》したい

2023年 5 月15日 第一刷発行

【著者】 秋桜《あきざくら》ヒロロ

【イラスト】 ニナハチ

【発行者】 東 由士

【発行】 株式会社英和出版社
〒110-0015 東京都台東区東上野3-15-12 6F
TEL：03-3833-8777
https://www.eiwa-inc.com/

【発売】 株式会社三交社
〒110-0015 東京都台東区東上野1-7-15
ヒューリック東上野一丁目ビル 3F
TEL：03-5826-4424 / FAX：03-5826-4425
http://www.sanko-sha.com/

【印刷】 中央精版印刷株式会社

【デザイン】 東海林かつこ（next door design）

【組版】 沖 藤希

【編集者】 長谷川三希子（株式会社英和出版社）

ISBN 978-4-8155-6028-7